创美工厂®

欧·亨利小说精选

[美]欧·亨利 著　李彦 译

O Henry

中国友谊出版公司

图书在版编目（CIP）数据

欧·亨利小说精选 /（美）欧·亨利著；李彦译
. -- 北京：中国友谊出版公司，2018.1（2021.12重印）
书名原文: 100 selected stories o henry
ISBN 978-7-5057-4269-7

Ⅰ. ①欧… Ⅱ. ①欧… ②李… Ⅲ. ①短篇小说－小说集－美国－近代 Ⅳ. ①I712.44

中国版本图书馆CIP数据核字(2017)第312204号

书名 欧·亨利小说精选
作者 [美]欧·亨利
译者 李彦
出版 中国友谊出版公司
发行 中国友谊出版公司
经销 新华书店
印刷 天津丰富彩艺印刷有限公司
规格 889×1194毫米 32开
8.25印张 162千字
版次 2018年3月第1版
印次 2021年12月第13次印刷
书号 ISBN 978-7-5057-4269-7
定价 39.80元
地址 北京市朝阳区西坝河南里17号楼
邮编 100028
电话 (010) 64678009

O. Henry

目　录

O. Henry

目　录

译者序

欧·亨利（O. Henry，1862—1910），原名威廉·西德尼·波特，美国短篇小说家，美国现代短篇小说创始人。他与契诃夫和莫泊桑并列世界三大短篇小说巨匠，曾被评论界誉为曼哈顿桂冠散文作家和美国现代短篇小说之父，他的作品有“美国生活的百科全书”之誉。

以往的文学评论大多从现实主义出发，认为其轻松、诙谐、幽默、自嘲都是为了反讽社会的凉薄，从而揭示了社会的黑暗与问题，这样的视角是现实主义文学的日常。由于早期的文学评论的导向影响，中国普罗大众能够接触到的欧·亨利作品类型比较单一，近几年则出现了全集，完全不筛选。这部精选短篇小说集列出了四个主题，并根据文学分析的框架做了少许导读。“带泪的微笑”是文学评论中比较公认的主题；“骗子哲学”围绕着骗子的故事，这类作品在他的作品中占据相当分量。现在的文论中颇有一些按照故事的地域背景来区分欧亨利的作品，因此有美国大城市、美国西部、拉丁美洲三种。译者参考了这个角度，将第三和第四的主题定义为“城市悖论”和“西部的心”，但是译者认为地理的特质确实能给故事带来特定的设定，但也不是唯一的标准，所以并未简单地从地域角度来思考这两类作品。除了需要交代遴选篇目的缘故，译者还想就原文略为说明，熟悉旧译本的读者可能会觉得本书的情节似乎和您熟悉的版本有出入。译者的原文都是基于美国官方文学网站提供的原文，旧译本或许是基于其他版本，或许是原译者进行了编译。

文学需要适应市场的需求，因此为了适应读者群体的迁延，本书不仅特意规避了前人的妙笔，还有意照顾了现代读者的语言习惯，从语汇、结构、修辞等角度彰显了现代性，也算一种与时俱进吧。同时考虑到文学出版物存续文化的责任，文中用语大多具有一定的文学性，或许有些读者更青睐于平实、简约的文字，本书译者则期待通过自己的努力，尽可能地将作者在斟酌词句中的那番努力、那种细腻传达出来。译者不过是个搬运工，挚爱着文学作品本身，还对两种语言的美恋恋不舍，所以译者不肯简简单单讲故事，希望读者能够理解。作者的苦恼不是将穷尽十年枯坐之功写就的心血作品卖出去，而是找不到“于我心有戚戚焉”的读者；同理，译者的悲哀不是稿酬微薄，不敷日用，而是明明有好的作品，没有同好者欣赏它。恳求诸位静下心，不急于了解谁是谁非、情节结局，不要从最后一页开始读起，文学里的世界是曾经的真实，幸而本书的作者戏谑有趣，幸而本书的译者找到了热爱它的出版社。

每每在推介一个主题时，译者刻意地采取了不同的分析角度，并不是说某一篇只能从这个角度，而另一篇也只有那个角度。译者认为多元的解读有利于滋养文学心灵，通过这些解读或导读的文字，让年轻的读者获得一些基本的文学评论常识，同时借由这些空间推介译者本文无法正式发表的论点也是一个小小的期待。年轻的文学评论者是没有话语权的，因此当一个平台展露在我的面前时，我惊喜不已。

带泪的微笑

O Henry

第一个主题选的篇目多是中国读者熟悉的作品，有《麦琪的礼物》《警察与赞美诗》《最后一片叶子》《二十年后》《阿卡迪亚的过客》共五篇，重新诠释“带泪的微笑”这一最为中国读者醉心的主题。能历经岁月洗练的作品多是能直击人心底的作品，因此每个国家、每个民族都不缺乏最动人的情歌和摇篮曲。同理，文学作品里，“带泪的微笑”触动了所有读者的心，不论哪个社会背景、学术背景、心理状态，无不被那欲坠不坠的泪珠儿打动。

欧·亨利的这类作品兼有喜剧的形式与悲剧的内涵，其中的主要角色多为不太幸福的小人物，内心还坚守着一方纯净的美好，读后令人心情终于一松，苦涩之余还有欣慰。

译者认为任何一个社会形态中都有幸与不幸两个群体，且不幸者的不幸未必源于经济状况。佛祖释迦牟尼说人有八苦：生、老、病、死、怨憎会、爱别离、五蕴炽盛、求不得。生、老、病、死，是生理原因造成的痛苦；其余四者是精神上的痛苦。如果把各国现实主义小说汇集起来分类，估计也就是这八类了。解读“带泪的微笑”这一主题时，我们会发现故事的起点源于一种执念。

《麦琪的礼物》一篇中，黛拉执意要为丈夫吉姆选择一款圣诞节礼物。在她的预期中，这份礼物不仅是丈夫的必需品，还能最大程度上扮美吉姆家传的藏珍；于是，她把自己的长发卖给了假发店。出于同样的心理丈夫将怀表这样承载着家族之爱的必需品卖掉换来了一把梳子。两个人都得到了一件怕是再也用不上的礼物，那种失落和心酸在从不需要思考价格的人眼中也是深刻得入骨。

为了能更好地解读这一则故事，译者建议从象征主义文学分析的角度来看待文中的几个重要元素。其一，长发的文学意象。在西方文学中，人体的所有部分都有一定的象征意义，比如心脏代表爱，手代表权柄，肠子代表勇气，而长发代表永恒的魅力，甚至是魔力，这一点可以参看欧洲童话中《长发公主》的故事。若以现代的装扮为标准，长发则代表了女性外在特征，看各国厕所图标就可略窥一斑，不是小裙子就是束起的马尾辫。因此，长发可以象征柔性的女性之爱，缠绵萦绕，仿佛没有尽头。其实在中国古代的典故中，长发同样是爱的象征，“青丝”谐音“情思”，因此情侣之间赠以长发，是与君相依、矢志不移的意思，在新婚喜房中新婚夫妻要将青丝束在一起，是所谓结发夫妻。此外，中文典籍中还有“发是血之余”的说法，证明头发是生命的象征。既然头发是鲜活而具有生命的，同时也是短暂的物质，反观怀表，这是能够把时间外在化的实体，它代表着时间、历史、传承等意象，因此长发就自然成为怀表的对立。故事中这块怀表是吉姆的家传爱物，父子相承，更强化了 generation 的概念，世代相传的意象。因此当黛拉割断长发的时候，代表着她舍弃了短期的闺阁温情，而渴望能获得永恒的爱情，超越凡俗的爱情。

其二，主人公姓名的暗示意义。除了解读实体物质的象征意象，读者还可以从两个主角的名字上分析出作者的写作意图。黛拉和吉姆其实都是昵称。在开篇处隐藏着这家户主的全称，Mr. James Dillingham Young。James（詹姆斯）是常用的欧洲男子名字，源自希伯来语，意思是“愿上帝保佑追随者”，在《圣经·新约·雅各书》第一章里有“James, a servant of God and of the Lord Jesus Christ, to the twelve tribes which are scatted abroad, greeting”。他的姓氏就是Young，我们可否认为取名为詹姆斯的是一个受上天眷顾的年轻人。Della（黛拉）是Adela的简称，也是Delia的另一个拼写方式，这个名字源于古希腊神话，是月神兼狩猎女神阿尔忒弥斯的别称，这位女神象征着纯洁、青春活力。如果译者找到的资料没有问题的话，这个名字当真很适合这位对爱坚贞的女性。

回到文首的执念假说，这对小夫妻因为对圣诞节礼物的执念勇敢地放弃了自己最爱、最为之骄傲的东西，但他们之间的爱因此而永恒。因此，“求不得”的是物质的爱的载体，不是爱本身。令译者感慨的是，哪怕带泪的微笑毕竟还是微笑。

《爱的牺牲》与上一篇有异曲同工之妙，除了爱情这个核心元素之外，作者其实还设计了另一个隐喻——谎言。很多熟悉英文的读者都知道“白色的谎言”这种说法，怀着美好善意的初衷的谎言是可爱的。小夫妻俩各自编织了华美的故事，以微薄的体力工酬支撑家庭的开支，支持对方的艺术追求，这样的牺牲无异于《麦琪的礼物》中那对小夫妻的相互奉献。如果说他们原有的执念是对艺术的执着，一种强烈到宁可背井离乡的热爱，那么后来的执念就是对爱人及其前程的支持。

琼茜心中的执念是常春藤上最后一片叶子。她认定了落叶代表着她生命的流逝,在最后一片也凋零时,她的生命也将终结。于是在《最后一片叶子》这篇作品中，“带泪的微笑”与生死的主题彼此交融，为读者唱响生命的强音。第一层，我们可以认为正是内心“生”的信念使得琼茜征服了病魔。她的生命奇迹并非物质的药物或者丰富的经济支撑能够赋予的，那是朋友的关爱照顾，是老贝尔曼的生命力作给了她焕发新生的力量。第二层，我们可以看看不得志的老画家贝尔曼，他在杜松子酒的陪伴下潦倒一生，任由自己对艺术的热爱和迷恋日渐麻木，活在凄风冷雨的物质世界。当他在风雨之夜将叶片画在墙上时，他重新振奋了艺术的生命力，也振作了爱人的能力。在文中我们可以看到他对两个年轻画家的回护，这不能简单地解读为对晚辈的爱惜，也有对自己曾经的青春和奋斗的留恋。

文中的几个象征主义意象之中，我们的视线往往会集中在叶子上，因为那毕竟是 ivy 常春藤，它的花语是结合的爱、忠实、友谊和情感。在古希腊神话中，常春藤代表酒神 Dionysus，具有欢乐与活力的象征意义，也代表不朽的青春，因此欧式婚礼中常常用它做新娘捧花。译者关注到另一个与主题息息相关的意象是杜松子酒，又称琴酒、金酒。它口感苦涩，为世界第一大类烈酒，常常被比喻为暴躁的美女。老贝尔曼的性格特征和杜松子酒真的很贴合，但他战胜了自我麻醉的低迷心态，用生命绘制出真正的大作。它并非创作于专门的画室中，绘制在画布上，也没有木框或签名；它是超越现实主义框架的创作，不能不说是自我否定到自我认同的真实反映。

《二十年后》反映了西方哲学和文学的二元对立思想，Binary Opposition 是欧美哲学源流中最本源的起点。上溯到 20 世纪 80 年代以前，西方哲学和社会研究中是基本没有灰色地带的，真正推崇多元哲学思想，拥有大段的非白非黑的灰色地带是中国传统的文化思想，中庸就是其中最典型的表现，百家争鸣是这种包容哲学的兴盛时代。首先两位主人公是一对矛盾对立的社会关系——逃犯和警察。两个人的共性在于共同的记忆和二十年前的许诺。曾经青葱岁月的真诚无伪是两个在现实生活中已经疲惫的中年人都倾心眷恋的感觉，因此，岁月既往，两个人都有践约的诚笃。而社会关系的矛盾对立决定了这篇故事以出人意料的方式结束，惋惜和矛盾的读后感受充斥了读者的心。从感性的角度上，我们希望两个人能相见欢，希望警察不要自责，逃犯不要怨恨；从理性的角度上，我们又认为警察做了正确的抉择，他践约并坚守了自己的社会职责。故事的起点是真善美所依赖的真诚、诚信，若非这对矛盾的社会关系，原本可以是一篇催人泪下的大团圆故事。

作者设定的身份矛盾从两个主人公的命名方式上也可窥一斑。鲍勃这个名字是Robert（罗伯特）的昵称，来自日耳曼语，意思是名望、身负盛名；这名逃犯因为自己的恶行确实已经恶名远播。警察Jimmy（杰米）的名字是James的昵称。上文中曾经提到，该名源自希伯来语，意思是“愿上帝保佑追随者”，是十二使徒之一的名字。这个名字的文学形象往往是友善单纯的大男孩，大高个。就好比一个善良博爱的女孩往往要叫玛利亚或者凯瑟琳，孤胆英雄经常叫杰克，这种命名暗示了作者的情绪。事实上罗伯特这个名字是中性的，没有善恶的倾向，正如明明是一个逃犯却仍在内心深处留有一份人性的热情的主人公；而吉米是纯善的。

感性和理性的矛盾同样是这篇小说的潜在线索。在西方文学中心和脑的矛盾对立处处可见。心象征的是爱、是感性；头脑代表智慧、是理性。非常有趣的是，有些文论中认为头脑象征着堕落，因为人类是吃了智慧果之后从天堂堕落人间的。逃犯鲍勃的内心因为对老友的怀念，对旧约的执着，回到故土，因为这一路的艰辛，他的践约之旅是典型的感性战胜理性的代表；同样怀念旧友的巡警吉米在怀旧与职守之间做了艰难的选择，这是理性战胜感性的典型表现。

微观的层面来欣赏的话，我们可以从两人之间的对话中读出二者之间后天形成的对立关系。逃犯的口若悬河与警察的惜言如金形成了鲜明的对比。就如同恋爱关系一样，谁爱得多一些，谁就输了；这一对矛盾的关系中，谁更感性，谁就输了。撇开事件本身的善恶是非，读者能感受到逃犯的感性与诚恳，以及巡警的理性与警惕。也或许正是这种性格的特质决定了一个会因为率性而为成为罪人，而另一个因为谨慎和自律成为大义灭亲的正义卫士。

《阿卡迪亚的过客》讲述的是两个互有好感的年轻人，两个城市里温饱有余、尚不富足的年轻人，他们的共同心理同样是一种执念。正如化名为海洛薇丝·达西·博蒙女士的玛米·西维特姑娘，她对上流社会的优越生活是如此渴望，“我渴望像一位贵妇一样的挥霍，哪怕就一星期也好。”于是她节衣缩食、分期付款购买了奢华的裙服，用阅读丰富自己的谈资，把书上看来的一切都化作唇边的贵族闲谈，感慨千岛群岛这样遥远的度假胜地。哈罗德·法林顿也在最后吐露了自己的真实情况：詹姆斯·麦克曼努斯，奥多德－莱温斯基公司的收款员。这就是欧·亨利的善良之处，他的作品里，所有的詹姆斯（迄今我们已经遇到了三位）都有一个共性，善良真诚是最典型的个性特征，和那位最知名、最圣洁的詹姆斯一样。宗教似乎是欧美文学作品里化不开的情缘，一直浸润着作者的个体情感。恐怕在给角色定位的时候不知不觉间就出现了一定的范式，就好比中国戏剧中的脸谱，姓名的类型化也是他作品的一个特征。这个论点或许无法取得更多专家的认同，但是我们会发现在众多文学作品中，十二使徒的名字不会送给一个本性恶劣的角色，这样潜意识的类型化命名是宗教意识强烈的作家的共性。

这篇作品还有一个欧美文学作品不肯轻易放弃的暗示，一种文学照应，那就是古希腊、古罗马神话的影子。故事的背景是隐匿于大城市中的 Lotus Hotel，一译为莲花，与文章清凉静谧的避暑胜地相吻合；另可译为落拓枣、忘忧果。据古希腊传说，吃了这种水果人会有一种如梦如幻的快感，与文章整体行文更加契合。实则作者有双关所指。早期的译者把这篇故事的篇名译为《阿卡迪亚的过客》，阿卡迪亚在希腊南部，在诗歌与小说作品中常用来指世外桃源，与之呼应的文学符号是荷马史诗。在《奥德赛》第九章，奥德修斯和手下勇士与海岛居民都沉醉于忘忧果带来的美梦，乐而忘返，失去了进军的渴望。有人说过，美国是儿童的天堂，年轻人的战场，老人的地狱。奥德修斯以战争作为自己身为英雄和勇士的事业，城市是两个年轻人的战场，这二者是契合的，或者说，奥德修斯的征服之旅上所有的艰辛与血腥都可以在大城市、上班族的生活中找到相应的事件。忘忧果带来的是美梦，奥德修斯主动挣脱了它的迷惑，而这两个年轻人同样是因为一个意外的事件从美梦中警醒，那就是他们之间萌发的好感，于是两个人都愿意以莫大的勇气重新面对事实，回到苍白的真实世界，这也是主动的回归。

在“带泪的微笑”这个主题中，译者分别介绍了主题分析、象征主义研究、二元对立哲学思想、前文本的文学符号暗示（类似于中文诗歌中的用典）等切入角度，希望能激发读者在阅读中产生更多新的想法。

麦琪的礼物[①]

一块八毛七。凑一块儿就这么多。其中有六毛钱居然都是一分一分的小零钱。这些都是在杂货店、蔬菜摊和肉店买东西的时候跟人家软磨硬泡才一个子儿、两个子儿地攒出来的，每回闹到最后，总有一个小贩气得面红耳赤，无声地谴责她这么斤斤计较当真是小气。黛拉已经数过三回了，终归还是一块八毛七。可是明天，圣诞节就到了。

无可奈何之下，显然除了扑倒在寒酸的小沙发上哀哀地哭，她还能如何呢。于是黛拉就哭了，哭着哭着就不免又想，过日子嘛，肯定是有时呜呜咽咽，有时抽抽搭搭，也有时嘻嘻哈哈，

① 《麦琪的礼物》是最初的译法，本文沿用原译以方便读者。Magi 是最早寻访初生的基督的三位东方智者，《马太福音》中提到耶稣降生后，这三位具有智慧的贤人带着丰厚的礼物来朝圣，他们代表着尊贵和圣洁。圣诞节送礼物的传统由此而来。Magi 和 magic（魔法）是同源词。

可是还是抽抽搭搭的时候居多。

趁着这家的女主人从呜咽慢慢地向抽抽搭搭过渡的这段时间,我们来打量打量这个家吧。这间房子是有配套家具的公寓房,租金是每周八块钱。非把它说成花子窝也不至于，但是一眼看过去，还真是能萌生丐帮的印象。

楼下的前庭里有个信箱，只是从未收到过一封信，还有一个电钮，也不曾有谁伸手按响它。信箱上还插着一张名片，上面写着一个名字“詹姆斯·迪灵汉·扬先生”。

这张写着“迪灵汉”三个字的名片还是在此人周薪三十块钱的光辉岁月里随手挂出去的，之后就任它在斜风细雨中飘摇。现如今，他的周薪已经缩水了，只有二十块钱，连“迪灵汉”这几个字也快掉光了，就仿佛这几个字在慎重思考，要不要缩写成一个“迪”字，显得谦抑，不那么出风头。可是，但凡詹姆斯·迪灵汉·扬先生回到家,走进楼上自己的公寓,詹姆斯·迪灵汉·扬太太,也就是文中已经介绍过的那位黛拉,总是叫他“吉姆[1]”，亲热地拥抱他，那感觉真不赖。

哭过之后，黛拉用散碎的香粉给两颊补了补妆。她立在窗前，神思恍惚地向外望，灰扑扑的后院里一只灰扑扑的猫正在一堵灰扑扑的院墙上漫步。明天，圣诞节就要到了，可是能用来给吉姆买礼物的钱只有一块八毛七。她耗费了数月之功，一

① 吉姆是詹姆斯的昵称。

个子儿、一个子儿地抠唆才积攒下这点钱。一周二十块钱实在撑不住日子。挑费从来都比她估算的要高，现在也是。能用来买礼物的钱就这么一块八毛七。她的吉姆啊。多少美好时光，她憧憬着要送给他一件好东西，要精细、少见，还得是纯银制成——戴在吉姆身上是它的荣光，它得多少能配得上这份荣光。

房间的两扇窗子之间挂着一面窗间镜，这种窗间镜你也许在周租八块钱的公寓房里见到过。骨瘦如柴、机敏灵活的人只要快速地扫一眼自己在那一连串的窄条镜子里映现出来的样子，就能拼凑出一幅相当精准的外貌。黛拉身材窈窕，已经掌握了这门技术。

蓦然间，她一个转身从窗边扑到窗间镜跟前，双眼熠熠闪光，然而只不过短短的二十秒之后，她的脸色就变得惨白失色。她飞速拆散了头发，让长发彻底披散下来。

詹姆斯·迪灵汉·扬夫妇如今拥有两件引以为傲的东西。其一是吉姆从祖父和父亲那里继承的金表，其二是黛拉的长发。即便示巴女王[①]就住在通风管道那一头的公寓房里，但凡哪天黛拉把秀发探出窗外晒干的时候，那头秀发肯定会让女王陛下的珍宝重器相形失色。即便所罗门王把地下室里都堆满金银财宝，

① 示巴女王：或译作希巴女王，见于《旧约·列王记》，传说中是阿拉伯半岛的女王，一传为惊艳绝伦的美女，又一说为丑陋无比。本文中以示巴女王衬托黛拉秀发的珍贵。

亲自当门卫，每当吉姆路过的时候，也肯定总要把金表掏出来，肯定能看到所罗门王眼红得吹胡子瞪眼。

而正当此时，黛拉美好的秀发都垂落下来，有如褐色的小瀑布，涟漪微荡、光华闪动。这秀发的长度可以过膝，宛然为她披上了一件长袍。之后，她又慌忙将头发挽起。一瞬之间她犹豫了，静立良久，珠泪一滴、两滴滑落在破旧的红地毯上。

她穿上褐色的旧外套，戴上褐色的旧帽子，裙摆轻动，脚步凌乱地出了门。下楼来到街上，她的眼中还闪烁着泪光。

当她站定时，那儿有一块招牌，上写着“索芙琅妮夫人店——经营各种秀发产品”。黛拉一步三级地冲上楼，然后大喘几口气稳了稳心神。索芙琅妮夫人身高体胖、白皙非常、冷若冰霜，怎么看也不像是名叫“索芙琅妮”。

“您肯买我的头发吗？”黛拉问道。

“我是要买头发，”夫人说道。“帽子摘了，我瞧瞧怎么样。”

那褐色的瀑布倾泻而下。

“二十块钱。”夫人用一只训练有素的手拎起一撮儿头发，说道。

“赶紧给我钱。”黛拉说。

啊，此后的那两个小时就如伸展出一对玫瑰色的翅膀一般，匆匆飞逝。这个比喻是我胡拼乱凑出来的，就别追究了。她在店铺之间穿梭，搜索着给吉姆的礼物。

终归还是让她找到了。无可置疑，这东西就是专门为吉姆特制的，没有别人的份儿。她把这么多家店都翻了个底朝天，像它这样的东西再也找不出第二件。那是一条白金表链，式样简约。它的价值在于本身的货色，而不是俗丽的装帧，好东西就是如此。它简直是那块金表的绝配。看到这条表链的那一刻，黛拉就知道这就是吉姆的东西。它跟吉姆的为人相仿，不张扬、有价值——这两个说法用来描述它和吉姆都合适。它花了黛拉二十一块钱，买好了，黛拉就带着所余的七毛八分钱匆匆赶回了家。给金表配上这条链子之后，吉姆无论跟什么人待在一起都会渴望看一看时间。虽说那块表本身金碧辉煌，本该用一条表链与之相配，但是一直用的是一条旧皮绳儿，因而他只敢偷偷摸摸地偶然瞧一下时间。

黛拉到了家，陶醉的心情才稍稍审慎、理智了一点。她把卷发用的烫发钳取出来，点燃了煤气炉，她要把爱恋和慷慨给她造成的损失修补一下。这种工作从来都是一项浩大的工程，亲爱的朋友们——那样的工作量真是有如猛犸象那么庞大。

四十分钟都不到的光景，她的头顶就覆满了紧贴头皮的细小发卷儿，看上去她还真像一个逃学的小学生。她久久地盯着镜子里的自己，细细打量、满心挑剔。

“要是吉姆没有宰了我的话，”她自言自语道。“不等再看我第二眼就得说，我简直和康尼岛上合唱团的姑娘似的。不过我能有什么法子呢——哦！就有一块八毛七，我能有什么法子呢？”

七点钟的时候，咖啡煮好了，煎锅也坐在炉灶上热了起来，准备煎排骨。

吉姆从来没有迟归的记录。黛拉把表链对折了一下握在手中，然后坐在门边的桌角上，吉姆向来要从这扇门进来。接着，她听到楼梯尽头传来吉姆的脚步声，脸上一时间雪白一片。平日的一丁点小事她也要无声地向天祷告，这都成了习惯，于是此时此刻，她又小声地祈祷说：“上帝啊，行行好，但愿他觉得我依旧美丽吧。”

门开了，吉姆走了进来，又把门带上。他容颜消减，表情格外严肃。可怜的小伙子，刚刚二十二岁就背负起养家糊口的重担！他需要买件新大衣，手套也没有一副。

吉姆踱进屋门之后，就好比赛特犬闻到鹌鹑的气息一样挪不动脚步了。他的双眼直勾勾地盯在黛拉身上，眼中满是黛拉难以读懂的情绪，简直把她吓坏了。那并非怒火，也不是诧异，算不上反感，抑或恐怖，她曾经预想过的任何一种眼神都对不上号。吉姆就用这种非同寻常的眼神直勾勾地盯着她的脸。

黛拉蹭下了桌子，迎上前去。

“吉姆，亲爱的，”她大声说，“别那样瞧着我。我的头发剪掉卖了，要是没有一件礼物送给你，这个圣诞节我可怎么过。

头发还会长出来的……你不在乎的，对不对？我只有这个法子。我的头发长得飞快。跟我说‘圣诞节快乐！’吉姆，我们俩开开心心的。你都不知道我给你买了一件多么精致——多么美丽而精致的礼物。”

“你的头发给剪掉了？”吉姆艰难地问道，就仿佛他挖空心思也没有看清这居然是真的。

“剪掉卖了，”黛拉说，“不管怎么说，难道你就不如以前那么喜欢我了吗？没了长发，我还是我嘛，不是吗？”

吉姆不解地打量着房间。

“你说头发都没有了？”他简直是在说傻话。

“别找了，”黛拉说，“跟你说已经卖了……卖完了，已经没有了。今天是圣诞夜，小伙子。和我好好地过节，因为头发是为了你才卖的。我头上的头发也许可以一根一根地数清楚，”蓦然间，她换了一副庄重的温柔口吻继续说道，“但我对你的感情谁都数不清。要不要把排骨上灶啊，吉姆？”

不多时，吉姆仿佛从这种神魂不属的状态中清醒了过来，把他的黛拉拥进怀中。我们来思考个十秒钟，从别的角度审慎地考虑一个无足轻重的小事儿。房租究竟是一周八块钱还是一年一百万块钱，二者有什么区别吗？无论数学家还是智者都给不了正确的答案。麦琪虽然带来了无价之宝，可是这样东西却不在其中。这句晦涩的话是什么意思，我们之后再挑明。

吉姆从大衣口袋中掏出一个包装好的盒子，扔在桌面上。

“千万别误会我，黛儿，”他说道，“我认为无论剪什么发型、去不去体毛，或者用什么方式洗头，我对我爱的姑娘的感情都不会有一丝一毫的减损。不过，但凡你拆开那个盒子，就会明白方才我为什么失了神。”

莹白的五指敏捷地拆开绳子和包装纸。紧接着只听一声喜不自胜的惊叫；再然后，老天爷！一瞬间那惊叫就化作了歇斯底里的泪水和哀号，这屋子的男主人不得不出尽百宝来安抚她。

这都是因为摆在那里的是梳子——成套的梳子，插在两鬓和脑后的排簪也都有，正是黛拉在百老汇大街的一个橱窗里看到过、羡慕了好长时间的那一套。好美的发梳啊，纯玳瑁的质地，还用珠宝镶了边儿——那色调的浓淡最适合戴在她已经不见踪影的秀发之间。这套发梳价值不菲，她心里清楚，所以打心眼儿里只是渴盼着、眷恋着，不曾有过一丝一毫据为己有的念头。可是如今，这些梳子竟然归自己所有了，只可叹那原本能与这么令人垂涎的装饰品相得益彰的秀发却再无踪迹。

不过，她还是把梳子捧在胸前，好久之后才有气力抬起迷离的双眸，漾着微笑说道：“我的头发长得可快了，吉姆！”

接着，黛拉仿佛一只小猫被烫了一下似的猛然一跳，叫道：“哦！哦！”

吉姆还没有见到给他买的礼物呢。她急匆匆地展开五指，递给吉姆。那条无声无息的贵重金属链子仿佛闪着光芒，映照出她心头的喜色与炽热。

“是不是好讲究，吉姆？我在城里找了个遍才找到这个。现在，你每天看上一百次时间都行。把金表给我，真想看看配上去怎么样。”

吉姆并没有顺应黛拉的要求，他一屁股倒在小沙发里，双手垫在后脑下，微微一笑。

“黛儿，”他说，“圣诞节的礼物先搁在一边，留一阵子再说吧。它们太精致了，不适合立即就用起来。金表让我给卖了，所得的钱给你买了梳子。现在，还是把排骨上灶吧。”

大家知道，麦琪都是智者——才智超群的人，他们带着礼物要送给马槽里的那位圣婴。是他们发明了圣诞节送礼物这个趣事儿。他们人聪慧，自然礼物也聪慧，赶巧礼物重样的时候或许还有特权能调换调换。说到这儿，我才笨嘴拙舌地把这件平淡无奇的事情给诸位说明白，这套房子里住着的两个傻孩子极不明智地为了对方牺牲了自己最贵重的宝物。不过，容我对如今的聪明人们说最后一句话，那就是，在送礼物的人里，这两个人是最聪明的。而在所有送了礼物也收到了礼物的人之中，类似他们俩这样的人才是最聪明的。无论什么情况下，他们都是最聪明的人。他们就是智者麦琪。

最后一片叶子

华盛顿广场西侧的一小片区域里，街巷胡同仿佛精神失常了似的，自己就把自己隔断成一条一条的短小的“地段儿”。这些“地段儿”拐弯抹角扭曲成各种奇形怪状的角度和曲线。第一大街怎么也得弯过来和自己交叉个一两次。曾几何时，有位艺术家发现这条街也有它难能可贵的地方。要是收款的人来要颜料、纸张和画布的欠账，走的就是这趟路，走着走着突然发现自己又兜转了回来，居然一文钱也没收到，这有多棒！

于是乎，时隔不久，搞艺术的都跑到这个光怪陆离的格林威治村[①]出出进进，想要找一扇朝阳的窗户，或者18世纪的山墙、

① 格林威治村位于美国纽约市西区，原是城里人逃避黄热病的临时住所，这里道路错综复杂，迥异于棋盘式的规划。格林威治村代表着另外一种生活方式，是美国反主流文化的大本营，居民多半是作家、艺术家等，大都行为乖张，和世俗格格不入，思想激进，妇女争取选举权、反战、性解放运动、妇女解放运动、同性恋权益运动等都在这里风起云涌。

荷兰风格的阁楼、低廉的房价。而后，他们还从第六大道引入了一些锡铅合金的杯子和一两只火锅，于是这里形成了一块“艺术家群落”。

苏和琼茜在一座低矮的砖垒三层楼的顶层设立了她们的画室。熟人都把乔安娜唤作“琼茜”。两个姑娘一个来自缅因州，另一个来自加利福尼亚州。当初在第八大街上的那家“德尔莫尼科餐厅”[①]里吃份儿饭的时候她俩不期而遇，发觉彼此的艺术品位、对菊苣沙拉的喜爱、对主教的袖子的看法无不契合，那一处姐妹画室于是应运而生。

那是在五月份。时至十一月，一位冷情而无形的外来客悄然来到这片群落里，用他冰凉的手指东碰碰西碰碰，大夫称之为“肺炎”。这个杀人狂跨过广场，明目张胆地在广场东侧大踏步地闯荡，遇难者总有几十个。不过，当他步入这些有如迷宫一般、苔藓丛生的狭窄“地段儿”的时候，脚步却放慢了。

“肺炎先生”可不是你们称之为具有骑士精神的那种老绅士。他那样一个拳头血红、喘息连连的老东西耍手段的时候哪里瞧得上一个被加利福尼亚的和风摧残得面色惨淡的小女人。可是他居然给了琼茜重重一击；于是琼茜病倒了，卧在那张刷过漆的铁床上，动都动不了，只能透过荷兰式小窗的玻璃，望

① 1827年，纽约市刚刚起步即将成为世界的金融中心，德尔莫尼科餐厅就创立在这里。

一望窗外那座砖房空荡荡的墙壁。

一天早上，那位生意繁忙的大夫冲苏扬了扬他那蓬松的灰色眉毛，把她叫到过道上去。

“可以说，她的病只怕就剩下一分希望了，”他一边说，一边把体温计的水银柱甩下去，“这一分希望就在于她得自己渴望活下去。有人非得在殡仪馆那儿排队，就算是世上的药都凑齐了我也无可奈何啊。您家的这个小姑娘满脑子都是活不下去的念头。她心里有什么事吧？”

“她——她希望有一天能把那不勒斯海湾画下来。”苏说。

“画画？——瞎掰吧！她心里就没有什么值得她来来回回盘算的事情——比如说，男人？”

“男人？”苏的声音就好像嘴里含着一个单簧口琴似的，“男人就值得？——可是，没人啊；哪有这种事。”

“好吧，那么就是身体虚弱的缘故了，”大夫说，“但凡我绞尽脑汁能想出来的科学手段，我一定都用上治疗她。可是若是我的病人已经开始计算自己的送葬队伍里能有多少辆马车，药效就得少算一半。假如你能吊起她的兴趣，让她开口问问新款冬季外套的袖子是什么式样的话，我就敢打包票，她的机会就不是一分，而是两分了。”

待到大夫走了，苏走进工作室大哭起来，泪水把日本制的餐巾纸浸透了，成了一摊纸浆。然后，她拿起画板，吹着拉格泰姆[1]音乐的曲子，大踏步走进琼茜的房间。

琼茜脸朝着窗口躺着，被子上连点褶子都没有。苏以为她睡着了，口哨也不吹了。

她把画板安置好，开始动笔给一家杂志的短篇小说画钢笔画插图。青年画家若想铺平通向艺术的道路就只好先给渴望铺平文学道路的青年作家们写的杂志小说画插图。

正当苏给小说里的主人公——一个爱达荷州的牛仔——绘制在马匹评比会上穿的漂亮马裤，再画上一片单眼镜的时候，她听到一个低微的说话声，之后又是几声。她赶紧走到床边。

琼茜大睁着双睛凝望着窗外，口中数着数字——是从大到小数。

"十二，"她说，须臾之间又说，"十一"；接下来数的是"十"、"九"；再接下来是"八"和"七"，这两个数字差不多连在了一起。

苏关切地向窗外望去。那里有什么东西值得一数呢？眼中不过一个空空如也、寂寂无声的院落，二十英尺之外则是一栋砖楼的裸墙。一棵老朽的常春藤[2]爬到了砖墙的半高处，可是根

① 产生于19世纪末，是一种采用黑人旋律，依切分音法循环主题与变形乐句等法则，结合而成的早期爵士乐，盛行于第一次世界大战前美国经济繁荣时期。发源于圣路易斯与新奥尔良，而后美国的南方和中西部开始流行，它影响了新奥尔良传统爵士乐的独奏与即兴演奏风格。

② 常春藤为常绿藤本植物，预示春天常驻。希腊神话中，常春藤为酒神的代表，因此暗喻快乐和活力，后人赋予它的花语是忠诚、友情和感化，常见于新娘捧花。

底处扭曲结节、已经枯萎了。秋日凄冷的呼吸已然把藤上的叶子摧残殆尽，只剩下几根枯藤还紧贴着墙上碎裂的砖头。

“看什么呢，亲爱的？”苏问道。

“六，”琼茜仿佛耳语一般地说道，“现在掉得更快了。三天前还有将近一百片呢，数起来简直头疼。可是现在多轻松。又掉了一片。只剩下五片了。”

“五片什么，亲爱的？说给苏迪[①]听听。”

“叶子，常春藤上的叶子。待到最后一片叶子落下的时候，我就该走了。三天前我就知道了。难道大夫没有告诉你吗？”

“哦，这种荒谬的话我从没听人说过，”苏满脸不屑一顾地责怪她，“常春藤的枯叶跟你养病能有什么干系？你过去多喜欢那棵常春藤啊，你这个捣蛋的小丫头。别再这么呆头呆脑地胡思乱想了。对了，早上大夫跟我说，你立马就好转的可能性是——让我想想，他当时的话是怎么说的——他说十有八九！哎哟，那岂不是十拿九稳了，就好比我们在纽约城里多半能搭上电车，或者说走路的时候指定能路过一座新楼一样。现在努力喝点肉汤吧，让苏迪接着画插图，好卖给编辑先生，给得了病的小家伙买点儿波特酒[②]和猪排，解解馋。”

“葡萄酒用不着再买了，”琼茜说，她的双眸瞬也不瞬地

---

① 苏迪为苏的昵称。

② 原产于葡萄牙的深红色葡萄酒，是一种酒精加强葡萄酒，味道甘甜。

望着窗外，“又一片叶子掉了。不，肉汤我不想喝。只剩四片了。但愿在天黑之前我能亲眼瞧着那最后的一片叶子落下来。到时候我也该走了。”

“琼茜，亲爱的，”苏躬下腰说道，“答应我，等我画完之后再睁开眼睛看窗外，行吗？那些图画我明天就必须交出去。我需要亮光，否则我就把窗帘拉下来了。”

“你去另外一间屋子里画画不成吗？”琼茜平静无波地问道。

“我宁可陪着你待在这边，”苏说，“另外，我不愿意让你一直盯着那些呆头呆脑的常春藤叶子不放。”

“一画完马上叫我啊，”琼茜合上双眼说道，她脸色惨白，有如一尊躺倒的雕像那样一动不动地躺着，“因为我想亲眼瞧着那最后一片叶子掉下来。我已经厌倦等待了，也厌倦思考。世上的一切我都想放手，就让我像一片筋疲力尽的可怜的叶子一样，掉啊掉下去。”

“尽量睡一会儿吧，”苏说，“我得叫贝尔曼上楼给我当模特儿，我要画离群索居的老矿工。我就出去一分钟都不到。在我回来之前，千万别动。”

老贝尔曼是个画师，正住在她们俩楼下一层。他年过六旬，头似森林之神萨蒂尔[①]，身如顽童，颔下一把米开朗基罗雕塑的

① 萨蒂尔：古希腊、古罗马神话中半人半兽的森林之神，一说为人首、人身，双耳、双腿和尾巴为山羊形象。

摩西像上的虬髯，就从这颗头颅上垂落，顺着这具身躯一直拖垂下来。贝尔曼在艺术上一直落拓。画笔在握四十年，他仍然没能切近他的艺术女神，连她那身长袍的褶边都没有摸到。他总是说马上就要画出佳作了，可是回回连影子都没有。这几年他只是偶尔涂涂抹抹，画成了几张商业画、广告画。凭借着给“艺术家群落”里承担不起雇佣职业模特儿的挑费的那些青年艺术家当模特儿，他多少能挣上一点儿。他这人一喝杜松子酒就会喝高，而且没完没了地叨叨他那即将成型的杰作。除了这些情况，这个小老头儿性如烈火，谁软语温存他就疯狂地耻笑谁，可是这样一个人却认定了自己就该是一匹獒犬，专门保卫楼上那间工作室里的两个青年画师。

在楼下那间光线微弱的小窝棚里，苏找到了满身杜松子气息的贝尔曼。屋子的一角是一副画架，上面那张空白的画布在漫漫二十五年之间，始终在那儿等候一幅杰作的第一笔。苏把琼茜的奇思怪论都说给他听，又说琼茜当真轻飘飘、颤悠悠得仿佛一片枯叶似的，她只怕琼茜越来越无力把握这个人世，终归要飘然远逝。

老贝尔曼眼睛血红，平日里总是见光流泪，琼茜的愚蠢念头被他好一阵连消带打地嘲讽。

“蠢材！”他叫唤起来，“世上居然有这种傻子，就因为一棵该死的藤蔓要掉叶子，就觉得自己也该死了？从来没听说过还有这种事。不，我才不给自己找麻烦，当什么模特让你画那个遁世的傻蛋。你怎么能由着她想出这个鬼念头？哎哟，小琼茜这个小可怜儿。”

“她病弱不堪，”苏说，“因为高烧她的心思都不正常了，满脑子都是古怪的念头。算了，贝尔曼先生，要是你不情愿给我当模特儿，不当就不当吧。不过，我觉得你这个耍贫嘴的老——老家伙真可恶。”

“你真是婆婆妈妈！”贝尔曼嚷嚷起来，“哪个说过我不情愿？走吧。我跟你一起去。我说了半个钟头，就想说明白我已经准备好了。老天爷！像琼茜小姐那么好的人可不该在这种地方病倒。改天我来画一幅杰作，咱们就一起离开这个鬼地方。老天爷！就这样。”

两人上楼的时候，琼茜正睡着。苏把窗帘拉到窗台上，又示意贝尔曼进了另一间屋子。两人恐惧地凝视着窗外的常春藤，而后又彼此对视了一小会儿，谁也没则声。凄风冷雨夹杂着雪花绵绵而下。贝尔曼身穿一件蓝色的旧褂子，一屁股坐在翻扣着的水壶上，假装是一个离群索居的矿工坐在一块岩石上。

转天一大早，苏只睡了一个钟头，一觉醒来就见琼茜瞪大了双眼，直勾勾地凝视着已经被拉下来的绿色窗帘。

“把窗帘拉上去，我要看。”她喃喃地下命令。

苏困倦地照着做了。

可是，你瞧！经过了那样一个漫长的风雨之夜的摧残，居然还有一片常春藤叶子紧贴在墙上。这是藤上硕果仅存的一片。叶柄左近的部分依旧保留着几分浓绿，而呈锯齿形的叶片边缘却已经染上了一派腐朽的焦黄色，它无所畏惧地悬在距离地面二十来英尺的一根枝丫上。

“那是最后的一片叶子，”琼茜说，“我原以为昨天夜里它会掉下来。我听见了风声。今天它就要掉了，到那时我也该死了。”

“天哪，天哪！”苏垂下困倦的面庞凑到枕边说，“即便不为自己考虑，你也得替我考虑啊。我该如何是好？”

可是琼茜没有应声。人世间最寂寥难耐的时刻就是当一个灵魂已经做好准备，要踏上那条鬼神莫测的漫漫长程的时候。当她与挚友、与尘世之间的羁绊渐行渐远的时候，那个怪念头仿佛更强有力地钳制住了她。

终于把这一天消磨了过去。暮光之中她们仍然可以看到那片形单影只的常青藤叶子，它还依附在茎上，紧贴着墙壁。而后，夜色欺近，北风随之肆虐起来，雨点也击打着窗子，又沿着荷兰式的低矮屋檐滴滴答答地落下来。

天色隐约放亮的时候，那个无情的姑娘又吩咐苏把窗帘拉上去。

常春藤叶子居然还在。

琼茜躺在床上凝视良久，随后叫着苏的名字，此时苏正在煤气灶上搅动着给她熬的鸡汤。

“以前我真不乖，苏迪，”琼茜说，“是什么莫名的力量让那最后的一片叶子一直待在墙上，告诉我当初我是多么的顽劣。渴望死亡真是罪孽。现在麻烦你盛点汤给我，再倒点牛奶，里面掺上一点波特酒，还有——不对，先给我一柄手把镜，周围摞上几个枕头，我想坐起来，看着你做饭。”

一小时后，她说：

“苏迪，真想有一天能去那不勒斯海湾画画。”

大夫是午后来的。他出门的时候，苏寻了个由头，跟到了过道上。

“五五开的可能性，”握着苏瘦削、颤抖的手，大夫说，“护理得到位，你就旗开得胜了。楼下还有一个病人我现在必须去看看。他姓贝尔曼——据我看来也是画师一类的。得的也是肺炎。可是他年纪不轻，体质也不强，这病可是来势汹汹。他没什么指望了，不过今天还是要把他送进医院，好让他舒服些。”

第二天，大夫对苏说：“她已经脱离危险，你成功了。现在，营养加照顾就足够了。”

当天下午，苏来到琼茜的床前，琼茜正倒在床上，知足地编织一条幽蓝莹莹、可是毫不实用的披肩，苏伸出一条手臂揽住了她，连枕头带人一起抱住。

“有点事我得告诉你，小白鼠儿，”她说，“贝尔曼先生今天在医院里因为肺炎病逝了。他得病后只挨了两天。他病倒后第一天的清晨，看门人在楼下的房间里发现了他，当时他疼得无可奈何。他身上、脚上都湿透了，冷冰冰的。他们怎么也想不到，深更半夜愁煞人的时候，他能跑到哪儿去。后来，他们发现有一盏灯笼，火还没有熄，一把从别处拖来的梯子，还有东一支西一支的几支画笔和一块调色板，上面调好了黄、绿两种颜色。那么——看看窗外，亲爱的，看看墙上那最后一片常春藤叶子。难道你不觉得奇怪，怎么任他风吹雨打，这片叶子却纹丝不动呢？啊，亲爱的，它才是贝尔曼的杰作——那晚最后的一片叶子掉落时，他画在墙上的。”

爱的牺牲

情之所钟就不吝于任何牺牲。

这句话是我们的前提条件。这个故事将基于这个前提得出一个结论，同时证实这句话是个谬论。从逻辑推导上说，这种情况简直是闻所未闻，不过在讲古的时候，这种叙事手法实在是比中国的万里长城还要久远。

乔·拉莱比是从长满老橡树的中西部平原上走出来的，他的血液中澎湃着绘画的天赋。还在六岁稚龄，他就创作了一幅画，描绘的是镇上的抽水机，旁边有位声名显赫的市民匆匆而过。这幅呕心沥血之作配上了画框，被挂在药店的橱窗里，旁边还悬挂了一颗玉米棒子，只是那一排排的玉米粒儿参差不齐。二十岁的时候，他在颈上系了一根飘扬的领带，离别故土直奔纽约而来，随身的路费系得比领带还要紧。

黛莉娅·卡鲁塞斯在南方一座松林村寨里玩的是六声音阶[①]那些东西，很是有前途，于是亲戚们为她的前程投了资，成全她到“北方”去“成就大业”。这些人没有看到她成——，不过这些都写在我们这个故事里了。

乔和黛莉娅是在一个画室里相遇的，好多学美术和学音乐的学生聚在此处讨论明暗对照法、瓦格纳、音乐、伦勃朗的作品、画作、瓦尔特杜弗、墙纸、肖邦，以及乌龙茶。

乔和黛莉娅坠入了爱河，或者说迷上了对方——你愿意怎么说都成——，时隔不久就成了亲——因为（**请参见文首**）情之所钟就不吝于任何牺牲。

拉莱比先生和拉莱比太太租了一间公寓房，开始自立门户。那间房子冷寂得仿佛钢琴键盘最左端的升 A[②]，一丝儿人声都不闻。小夫妻俩过得很幸福；因为有艺术为伴，还有彼此相依。我得劝劝有钱的年轻人，你们手头有什么就都卖掉吧，施舍给穷人也成，也好守住和你的艺术以及你的黛莉娅住在公寓里的权利。

---

① Octave：音乐术语，意思是八音度，一音阶，高（低）八度音。根据李重光定义，调式中的音按照高低次序（上行或下行），由主音到主音排列起来就叫作音阶。

② 人耳朵能分辨的声音是18赫兹，钢琴键盘最左端的键为大字二组的A，已经是人的嗓音无法发出的音。文中说到的是比A高半音为升A，用通感的手法表示公寓非常偏僻冷寂，人迹罕至。

我有一句格言，但凡住公寓的人必定会赞同，那就是住在公寓里才能获得唯一真正的幸福。只要家庭美满，房间就不嫌窄小——梳妆台散架了就由它去，可以当弹子桌用；壁炉架还可以改作划船的器械；写字台权且充当临时的卧具，洗脸架充当竖式钢琴。要是四堵墙都往中间挤拢的话，就随它们去，正好把你和你的黛莉娅围在当中。反之，如果家庭不幸福的话，无论如何轩敞辽远——进门就踏上金门大桥[①]，帽子搭在哈特勒斯海角[②]，披肩挂在合恩角[③]，然后穿过拉布拉多半岛[④]出门——也无济于事。

乔在伟大的画家玛吉斯特开设的班儿上学画，玛吉斯特的大名可是尽人皆知。他收费高昂，课程却轻松，因此闻名遐迩。黛莉娅在罗森斯托克旗下学习，此人给钢琴键盘裹乱的名声也很响亮。

但凡有钱撑腰的时候，夫妻俩的日子是美满幸福的。人人都这样——我就别冷嘲热讽了。夫妻俩的志向非常清晰明确。

---

① GoldenGateBridge 金门大桥是世界最大的单孔吊桥之一，人们视为旧金山的象征，是当地的风景名胜，橘红色的大桥跨越了旧金山湾和金门海峡，非常壮观。

② CapeHatteras 哈特勒斯海角位于北卡罗来纳州，是旅游胜地、冲浪名滩，海浪极大。

③ CapeHorn 合恩角是智利南部合恩岛上的陡峭岬角，位于南美洲最南端，洋面波涛汹涌，航行危险，终年强风不断，气候寒冷。

④ Labrador 拉布拉多是北美东北部的半岛，位于哈德逊湾和圣劳伦斯湾之间。

乔渴望不久能推出抢手的画作，招引得那些须髯稀疏、囊中丰实的老先生们都像沙包一样一个又一个堆在他的画室里，来抢购他的作品。黛莉娅则期待能先把音乐吃透、混熟，之后再傲视音乐，要是看到音乐厅里的座席和包厢的票没有全卖光，她就假借喉咙疼的名义，拒绝登台，在私人专用的餐室里吃龙虾。

不过以我个人拙见，最美妙的时刻还是那间狭小公寓中的居家日子：过完了一天的学习生活之后说些如火的缠绵情话；吃上惬意的晚餐，还有新鲜、清淡的早餐；聊聊彼此的雄心，两个人的憧憬其实是相互交织在一起的，否则就不值一提，他们还彼此帮助、彼此激励；然后，恕我坦言，半夜十一点吃点儿夹了橄榄和奶酪的三明治。

然而时隔不久，艺术就树起了白旗。白旗这东西有时候就算没有升旗手来按动开关，它自己也会升起来。俗语说得好，花钱容易挣钱难。该付给玛吉斯特先生和罗森斯托克先生的学费也不足了。情之所钟就不吝于任何牺牲。于是，黛莉娅说，她要开个音乐班，好让家里有米下锅。

她出门奔走了两三天，想找几个学生办个班。有天晚上，她欢欣鼓舞地回到了家。

“乔，亲爱的，”她愉快地说，“我找到一个学生。而且，噢，她的性情可爱极了。是一位将军，艾·比·品克尼将军的闺女，家住在第七十一街。他家的房子金碧辉煌，乔，你真应当亲眼瞧瞧他家的前门！是拜占庭风格的，我觉得你肯定得这么说。再说内部的装潢！噢，乔，那真是我见所未见的。

“他的女儿克蕾门蒂娜要跟我学音乐。这姑娘让我爱得不得了。小家伙长得真是精致，素来穿着白裙子；待人接物是又可亲又朴素！芳龄刚刚十八岁。我每周上三次课；你想想看，乔！虽说一次课只有五块钱，我根本无所谓；等我再找到两三个学生，罗森斯托克先生的课程就能接续下去了。现在，抚平你眉头的愁容吧，亲爱的，我们来美美地享用一顿晚餐。”

“这个活计对你挺合适，黛莉，”乔一边说，一边拿了一柄切肉刀和一把斧子撬开青豆罐头，“可是我该如何是好？你觉得我有可能任你拼命挣钱，自己却在高雅的艺术殿堂里拈花惹草吗？我以本韦努托·切利尼①的骨头起誓，没门！我猜，我去卖报纸或者给马路铺石子还是可以的，怎么也能赚出一两美元回来。”

黛莉娅上前一把搂住他的脖子。

“乔，亲爱的，你真傻。你的学业千万不能耽搁。我并不是放弃了音乐去干别的事情。我教别人的时候自己也在学习。我和我的音乐时时刻刻不分离。十五美元过一周，我们就可以

① 切利尼：约1500—1571，意大利雕塑家、金银工艺师、作家和大众情人，文艺复兴时期艺术中的风格主义的代表人物。他真诚地崇拜米开朗基罗，却痛恨瓦萨利。

快活地不亚于百万富翁。离开玛吉斯特先生的念头想都不要想。”

“好吧，”乔一边说，一边伸手取过那只扇形的蓝色蔬菜盘。“不过逼得你去给人上课我可不开心。那不是艺术。只是你这样自我牺牲真是了不起，真窝心。”

“情之所钟就不吝于任何牺牲。”黛莉娅说。

“玛吉斯特夸我在公园里画的那张素描上的天空画得不错，”乔说，“丁克尔答应了，要把其中两张挂在他的橱窗里。要是刚好哪个人傻钱多的家伙瞧上了，兴许能卖掉一张。”

“肯定能卖出去，”黛莉娅甜甜地说，“此时此刻，还是让我们先来感激品克尼将军和这盘烤牛肉吧。”

之后的一周里，拉莱比夫妇每天早早地用饭。乔热衷于在中央公园里捕捉晨曦的光线效果，画到素描上，于是黛莉娅在七点钟就让他用过早餐，一番亲昵、嘉许和亲吻之后，让他整装出门。艺术真是个迷死人的女人。所以他回到家的时候，多半已是晚上七点钟了。

一周过去了，黛莉娅满怀自豪、浑身倦怠，她得意扬扬地掏出三张五块钱的钞票，扔在那间只有 8×10 英尺的公寓客厅正中那张 8×10 英寸的桌子上。

“有时候，”她有些厌倦地说，“克蕾门蒂娜真叫人没辙。我估摸着她根本没有充分地练习，我不得不翻过来倒过去地重复同样的话。而且她的装扮从来都是雪白一片，看多了好生单调。不过品克尼将军这个老人真是太可亲了！我盼着你能认识他，乔。他有时候会在我和克蕾门蒂娜弹钢琴的时候进屋来，站在那儿捋他那白色的山羊胡儿。知道吧，他是个鳏夫。‘十六分音符和三十二分音符的进度如何啊？’他老是问问我们。

“他家客厅的护壁板，乔，你可得去看看！还有那些俄国阿斯特拉罕省产的羊羔皮门帘。克蕾门蒂娜时不时地总要咳嗽两声。真希望她的体质比看起来强壮一点。噢，我真是越来越离不开她了，那姑娘温婉又有教养。品克尼将军的弟弟当初还做过驻玻利维亚的公使。”

这时候，乔脸上露出基督山伯爵一般的神采，掏出一张十元、一张五元、一张两元和一张一元的钞票放在黛莉娅挣来的钱旁边，每张柔软的纸币都是合法所得。

“那幅方尖碑的水彩画卖给了一个从皮奥瑞亚来的人。”他以坚不可摧的气势宣布说。

“别说笑话啦，”黛莉娅说，“怎么可能是从皮奥瑞亚[1]来的呢！”

“确实是那儿来的。你要是亲眼见到他就好了，黛莉。他身子发福了，脖子上围了一条羊毛围巾，嘴里还叼着刚毛牙签。

① 伊利诺伊州第二大城。

他在丁克尔的橱窗里瞧见了那幅画，还以为是一架风车呢。不过这个人很有赌性，不由分说就掏钱买了。他另外还预订了另外一幅，是一幅拉克万纳城货运车站的油画，准备带回家去。再加上你的音乐课！啊，我估计艺术还有盼头。”

“真开心你能坚持下来，”黛莉娅由衷地说。“你一定会出人头地，亲爱的。三十三美元啊！以前我们何尝有过这么多钱可以用？今晚我们就吃牡蛎。”

“加上小牛里脊配香草，”乔说，“橄榄又在哪儿？”

到了下一个周六的晚上，乔先到了家。他先把自己挣的十八美元展开摆在客厅的桌子上，又去洗手，他双手沾着好多仿佛黑色颜料之类的东西。

又过了半个小时，黛莉娅才到家，她的右手用纱布和绷带胡乱地包扎过，连形状都看不出来了。

“手怎么了？”乔如同往日一样问候了妻子之后，问道。黛莉娅大声笑起来，只是那笑声缺了几分欢悦。

“是克蕾门蒂娜弄的，”她解释说，“她上完课之后非要吃威尔士奶酪[①]。这姑娘真是古怪，下午五点钟居然想吃奶酪。将军也在场，你真该看看他当时就跑了出去拿烤盘，乔，仿佛家里没有人可以使唤似的。我知道克蕾门蒂娜体弱，又容易精

① Welshrarebit 或 Welshrabbit 威尔士干酪，是一道以涂着干酪泥和其他作料的烤面包片做成的菜，最早出现于18世纪的不列颠。

神紧张。她浇奶酪的时候，不少都洒落出来，滚烫的，烫了我的手和手腕。痛得要命，乔。可爱的小姑娘非常抱歉！还有品克尼将军！乔，那老头儿简直神思不属了。他冲下楼去叫人，他们说那个人是烧锅炉的，或是负责地下室的，他叫人出门，到药房里去买点儿药油，还有包扎伤口的东西。现在已经不怎么疼了。”

“这是什么？”乔动作轻柔地握牵起那只手，拽了拽绷带下面的几缕白线，问道。

“这层纱布质地柔软，”黛莉娅说，“上面浸了药油。噢，乔，又卖出去一幅素描是吗？”桌子上的钱她已经看在了眼里。

“是吗？”乔说，“你去问问那个皮奥瑞亚来客就好。今天他取走了预订的那幅车站画像，他还不曾想好，不过他说还想要一幅公园风景画和一幅哈得逊河风情图。这烫伤是今天下午什么时候弄的，黛莉娅？”

“五点钟吧，我记得，”黛莉娅哀声切切地说，“熨斗，我是说奶酪，是那个时间前后离火的。你真该看到品克尼将军，乔，当时……”

“先来这边儿歇一会儿吧，黛莉，”乔说着，拉着妻子去沙发上，和她并肩坐下，伸展手臂搂住妻子的肩膀。

“这两周你其实都干了什么活儿，黛莉娅？”他问道。

她眼中满含爱恋与固执，不屈地坚持了一小会儿，喃喃地嘟囔着品克尼将军什么的；可是终究熬不住垂下了头，实话伴着泪水涌出来。

“我找不到学生，”她坦白了，“又不忍心由着你搁置自己的学业，因此在第二十四街那家大洗衣店里找了一份熨烫衬衣的活儿。我觉得自己编的品克尼将军和克蕾门蒂娜的故事编得挺圆满呢，是不是，乔？今天下午，洗衣店里有个姑娘把一柄滚烫的熨斗砸在了我手上，于是我回家路上就一边走一边编那个烘奶酪的故事。你不会生我的气吧，乔？而且若非我找到这份工作，或许你就没机会把画卖给那个皮奥瑞亚来客呢。”

“他不是从皮奥瑞亚来的。”乔缓缓地说。

“好了,他是哪里人都无所谓。你真有才,乔,吻我吧。另外，乔，你是如何起了疑心，知道我其实没有教克蕾门蒂娜学音乐的呢？”

“直到今晚我才起了疑心，”乔说，“原本就是今晚也不会起疑的，只不过下午的时候，是我把废布头和油从机器间送到楼上，给一个被熨斗烫伤了手的姑娘。这两周我一直在那家洗衣店烧火，供应发动机。”

“那么你并没有——”

“皮奥瑞亚来的买家，”乔说，“和品克尼将军一样，两个角色是同一种艺术形式的造物——不过你既不会把它称作绘画，也不会称之为音乐。”

至此，夫妻俩都笑了，乔开口说：“情之所钟就不吝于任何牺牲。”可是黛莉娅一把捂住他的嘴阻止他说下去。“不，”她说，“只说‘情之所钟’就够啦。”

二十年后

一位正在值勤的警官沿着街道往前巡视，那姿态很是打动人。这种打动人心的姿态纯粹是他习惯使然，而非作秀，因为得以一见的人寥寥无几。毕竟此时已经接近深夜十点钟了，寒风刺骨、雨意朦胧，街上几乎空无一人。

他一边走，一边推一推路边的门户；他手里拎着一根警棍，耍出的花样是千变万化、妙不可言；他那警觉的目光时不时地落在静谧的大道上；再加上那挺直的腰板、略宽的步伐，恰恰构成了一幅警官维护治安的图景。这一带还维持着早年的样子。你会时不时地看到一间雪茄店或者一家彻夜营业的快餐店还亮着灯，不过多数店面都早早关了门。

当这位警官来到某个街区的马路当中时，突然缓下了步伐。在一家黑了灯的五金店门口，有个男子斜倚着，嘴里叼着一支雪茄，但是没有点着。当警官向这人走去的时候，这人赶紧说话。

“我不是坏人，警官，”他向警官保证，“我在等一位朋友。我俩二十年前约好今天见面。听起来有点好笑，是吧？好吧，要是您想确定一下，我就跟您详细说说。约莫是二十年前，这家店的位置上是一家餐馆，店名叫乔·布拉迪大饭店。”

“五年前还在呢，”警官说道，“后来拆除了。”

待在门口的那个男子划了根火柴，点燃了雪茄。火柴的光亮映照出一张苍白的面孔，方下巴、眼神热烈，右眼眉附近有一块小小的白色的伤疤。他的丝巾扣镶嵌着一枚大钻石，镶工很古怪。

“整整二十年前的这天夜里，”那个男子说，“我和最要好的朋友杰米·威尔斯在乔·布拉迪大饭店共进晚餐。他可是世上最好的人。我和他一起在纽约长大的，就在这一带，两个人情如手足。那年我十八岁，杰米二十岁。第二天清晨我就要启程去西部谋生。要想扯着杰米离开纽约那是没门儿；他以为地球上就只有纽约这一个地方呢。哎，那天夜里我们俩约定：二十年后的同一日期、同一时间，无论境况如何、无论路途多远，我们俩都必须来这儿聚会。我们认为二十年里大家的命运应当都已经定型了，该赚的钱肯定也都赚出来了，无论是怎么发财的。”

“听起来挺有意思的，”警官言道，“要我看，两次见面之间的时间段还真是不短啊。分手以后，你就没有收到过你那位朋友的信吗？”

“哎哟，有啊。我们通过一段时间的信，”对方答道，“可是过了一两年就失去了音信。您瞧，西部能做的买卖可是不小。偏偏我又一直欢欢实实地东跑西颠。不过我知道，但凡杰米还活着,肯定会来这儿和我见面,因为在这世上他永远是我最真心、最靠得住的老朋友。我千里迢迢地赶回来，才能赶在今天夜里站在门前，但是只要老朋友露面，我的辛苦就算值了。”

这个等人的男子掏出一块漂亮的怀表，表盖上镶嵌着细小的钻石。

“九点五十七分了，”他郑重说道，“当初在饭店门口分别的时候是十点整。”

“你在西部混得不错，是吧？”警官问道。

“没得说！但愿杰米能混出我的一半身家。不过，他可是个老黄牛，好人哪。我必须跟那些聪明绝顶的人交手，才拗出自己这点身家。在纽约大家都得循规蹈矩，到了西部就得刀头舔血。”

警官转动着警棍，挪了两步。

“我得走了，但愿你的朋友能如期来到。到时间他还不来的话，你打算准点走吗？”

“要我说我不会，”对方答道，“我起码要再等他半个小时。

但凡杰米还有一条命在，他肯定按时来。今天就这样吧，再见，警官。”

“晚安，先生。”警官一边说着，一边按照自己的路线走了下去，一路走还一路推推街边的门户。

这时清冷的细雨纷纷滑落，原本偶然才吹起的几股小风，此时也飕飕地刮了起来。经过那个地方的为数不多的几个行路人都把大衣的领子高高竖起，双手揣在口袋里，愁眉不展、一声不吭地赶路。五金店的门里，那个千里迢迢赶回来、只为践行与少年时代的朋友之间的约定的男子抽着雪茄继续等着，他现在也没有把握了，甚至觉得自己有点荒谬可笑。

等了约莫二十分钟之后，一个身穿长大衣的高个子男人从对街匆匆赶过来，衣领高高地竖起来遮住了耳朵。他径直走到等人的男子面前。

“是你吗，鲍勃？”他迟疑地问道。

“你是杰米·威尔斯？”站在门口的男子大声地说。

“老天保佑！”刚走来的那个人高声叫起来，握住了男子的双手，“真是鲍勃，命里注定就是你。我早就知道，只要你一息尚存，我准能见到你。好啊，好啊，好啊！二十年真是不短的时间。鲍勃，旧饭馆没了；要是还在，我们俩还能在这家吃个晚饭该多好啊！西部待你怎么样，老伙计？”

“棒极了，要什么有什么。你的模样变化好大呀，杰米。

我怎么也没想到你会长得这么高，比我想象的高了两三英寸。”

“噢，过了二十岁我又长高了一点。”

“在纽约混得还行吗，杰米？”

“说好不好，说赖不赖。我在市政府一个部门上班。来吧，鲍勃，有个地方我很熟，咱们去好好叙叙旧。”

两条汉子挽着胳膊沿街走去。西部来客因为事业有成自我高涨，他开始大致介绍自己的发家史。对方缩在大衣里兴趣盎然地倾听着。

这条街转角的位置有一家药店，电灯还亮着，灯火通明。当两个人来到灯火阑珊处，不约而同地转头，端详了一下对方的面容。

西部来客突然间顿住脚步，把自己的胳膊退了出来。

“你不是杰米·威尔斯，”他厉声喝道，“二十年的时间虽然不短，但还不足以让一个罗马高鼻梁长成狮子鼻。”

“不过有时候二十年能把一条好汉变成一个坏蛋，”这位高个子说，“十分钟以前你就被捕了，‘滑不溜手’鲍勃。芝加哥警方认为你可能流窜到我们这一带，还给我们发电报说，想找你聊聊。安安静静跟我走吧，怎么样？那才是明智之举。好了，去警察局之前，有人要我把一张字条转交给你。你可以在窗户边看看。是巡警威尔斯写给你的。”

西部来客接过小纸片展开，刚开始看的时候他的手稳稳当当的，可是不等读完，他的手就开始微微地颤抖起来。便条上写着：

鲍勃：

我依约准时到达了我们相约的地点。就在你划着火柴点燃雪茄烟的那一刻，我认出来，这张脸就是芝加哥警方正在通缉的人。无论如何，我也不忍心亲自出手，只得回去找了个便衣警官把你抓捕归案。

——杰米

阿卡迪亚的过客

百老汇大街上有家旅社居然逃脱了推销避暑佳选的商人的慧眼。它地处街巷深处，店面宽绰，凉意悠悠。客房采用了色泽黝黑、触手清凉的橡木来装帧。不必费劲巴拉地跑到阿迪朗达克山脉[①]，就能享受到店家营造出的轻风缕缕、灌木青青的喜人感受。你完全可以由着制服上钉着黄铜纽扣的向导伺候着，要么登上宽阔的楼梯，要么乘坐直梯上楼，那安然喜悦的心情，攀登阿尔卑斯山的登山者这辈子也体会不到。后厨的大师傅为你烹调的美洲红点鲑，那味道比怀特山[②]的酒店整治的还要美味；

① Adirondacks：阿迪朗达克山脉，位于纽约州，有国家公园。

② White Mountains：怀特山，或译作白山山脉，是阿巴拉契亚山脉的一部分，在美国新罕布什尔州中北部和缅因州西部。以历届总统命名，有“总统峰群”之称。

而海鲜的味道就是老波因特康福特[1]的饭店也得啧啧称绝，妒忌得脸色发绿；尝过这家的缅因州鹿肉，就是狩猎监管员也无心再公事公办。

七月的曼哈顿有如荒漠，能在这片荒漠之间寻到这片绿洲的人屈指可数。在那一个月里，这家旅社里房客的人数缩水了，于是你就能看到所余的客人星星点点地散落在光线朦胧、凉意怡人的奢华餐厅里，你瞧瞧我，我看看你，心底庆幸着。人与人之间隔着好多空桌位，桌上铺着雪白的桌布，有如无人的荒原。

侍者的人数多得过分，他们时刻观察着，有如飘萍一般四处徘徊，但凡客人有所要求，不待人家开口就早早把东西送了上来。室内温度常年是四月天。天花板描绘着水粉画，仿佛夏日晴空中有一片轻柔的缕缕浮云飘过，所幸的是这样的云朵不会像天地间的云彩那样令人惋惜地销声匿迹。

百老汇大街上动听的喧哗声自远方传来，入了开心的客人的耳朵里，都化作静谧的轻歌，仿佛瀑布的水声在森林里回响。但凡有陌生的脚步声传来，客人们就赶紧侧耳倾听，唯恐不知餍足的寻游客发现自己寓居的这片乐土，进而侵占它，那些人总是没完没了地四处乱钻，恨不得把最幽深的洞穴都一探到底。

---

① Old Point Comfort：位于弗吉尼亚州东南的一个海角，19 世纪到 20 世纪这个地方是避暑和避寒的旅游胜地。

就这样，人数不多的几位内行在这个火热的季节入住这家客流锐减的旅社，享用着这片艺术和技术集于一体、奉献给他们的水色山光。

今年七月，旅社里来了一位女士，递给接待员的名片上写的是海洛薇丝·达西·博蒙女士，要他给自己登记入住。

在忘忧果旅社[①]，博蒙女士这位客人受到大家的爱戴。她气质娴雅，温婉优美的风度令人如沐春风，于是旅社上下人等无不心甘情愿地为她服务。她按铃的时候，旅社的杂役纷纷抢上前去听她吩咐，视之为荣耀；若非事涉产权的问题，职员们早就把这家旅社连同旅社里的东西全都写进转让合同；其他旅客则认为她的娇美得天独厚、臻至化境，这样的婉约美好将旅社的环境装点成了人间桃源。

这位超凡脱俗的客人鲜少出门。她的生活习性符合寓居在忘忧果旅社的眼光挑剔的老主顾们的惯例。若要体验旅店里怡人的情趣，必先舍弃城市生活，就仿佛这座城市远在千里之

① Lotus Hotel：一译为莲花，与文章清凉静谧的避暑胜地相吻合；另可译为落拓枣、忘忧果，据古希腊传说，吃了这种水果会有一种如梦如幻的快感，与文章整体行文更加契合。实则作者有双关所指。荷马史诗《奥德赛》第九章说，奥德赛和手下勇士离开特洛伊城后第十天来到一座海岛，岛民以忘忧树的果实和花朵为食，食后如在梦中。岛民邀请水手们食用此果，水手们立即陷入梦幻，乐而忘返，失去了进军的渴望。奥德赛强令手下把入梦的水手带回船上，离开海岛。

遥[1]。趁夜去左近的屋顶花园稍作冶游并无不可；但是灼热的白日里她一向裹足于忘忧果旅社里，享受着这座荫翳遮蔽下的城堡，有如一条鲑鱼在心爱的池塘那一汪的清碧中泰然自若地停留。

博蒙女士是孤身一个人住在忘忧果旅社里，可是那份尊贵却有如女王一般，而女王之所以孤零零的是因为地位超然。女士十点钟用早膳，她清雅而甜美、闲逸而纤弱，宛若薄暮冥冥中一朵茉莉花释放出柔和的光芒。

然而晚餐时，这位女士方才展露出绝代的风华。她那身礼服美如仙袍，宛若山间峡谷里倾泻而出的无形瀑布，水面薄雾蒙蒙，仅以礼服这一个词真是难以尽书其美。礼服的前片装饰的蕾丝花边上永远缀着浅红色的玫瑰。这样一身礼服，侍者领班看到眼里必定会礼敬有加，跑到门口相迎。若是你看到眼里，会想起巴黎，又或者会想到神龙见首不见尾的伯爵女士，没说的你必定要想起凡尔赛，想起西洋长剑，还有费斯克女士以及红与黑纸牌游戏。在忘忧果旅社风闻这位女士是一位世界公民，一双纤纤素手在国与国之间牵线搭桥，给俄罗斯帮忙，这话怎么来的已经无从考据。而这位踏遍全球最通畅的道路的世界女公民敏锐地认可了忘忧果旅社优雅有致的周边环境，认为在美国，唯有这里真是仲夏时节稍作逗留的宁静港湾。

---

① League：在本文中是长度单位里格，1 里格约等于 3 英里。

就在博蒙女士入住旅社后的第三天，一青年男子走进门来，登记入住。要照常规的顺序来评点他的方方面面，得说他衣着简朴不张扬，相貌好看但不出众，表情泰然自若，果然是经历复杂的人。他告诉登记人员要在这里驻留三四天的时间，又问及欧洲轮船的航班讯息，最后心满意足地投入到这家举世无双的旅社那令人乐不思蜀的静谧之中，出门在外的人在自己最满意的酒家里就是这种情绪。

这位青年男子名叫哈罗德·法林顿，我们权且不去质疑他登记的名字是否属实。他润物细无声地融入了忘忧果旅社的生活，仿佛汇入了一潭绝世而独立的静水，却不曾惊起丝毫漪涟，其他到这里寻求栖息的客人并没有被惊到。他在忘忧果旅社用餐，吃得当真是乐而忘忧，完全被这里的宁和平静所安抚，和其他幸运的海员们一样安静了下来。他得到了属于自己的桌位，也有了为自己服务的侍者，于是忧虑也油然而生，唯恐那些让百老汇大街热火朝天、气喘吁吁地跑来想寻求一个栖息地的人，会扑上来毁掉这个近在咫尺却大隐于世的安乐窝。

哈罗德·法林顿入住之后的第二天，博蒙女士用过晚饭，步出餐厅时手中的绢帕落在了地上。法林顿先生捡起来还给她，但是并没有过分地献殷勤、攀交情。

或许这两位眼光好、在忘忧果旅社入住的客人之间原本就有莫名的同病相怜；也许是因为两人都好运爆棚，发现这家位于百老汇大街的旅店里居然是一处顶级的避暑胜地，所以两人彼此吸引。于是两人彬彬有礼地遣词造句，试探着超出礼节性的交谈。而且二者仿佛都沉浸在一处实至名归的度假胜地才拥有的方便交谈的气氛之中，熟稔的情愫就仿佛魔法师手中的奇幻植物一样，在这里萌生、滋长、开花、结果。不多时之后，两人就站在了走廊尽处的阳台上，开始抛绣球一样地交谈。

“那些了无新意的度假地真是让人厌倦，”博蒙女士说道，面上浮现出一丝甜润的微笑，“乘飞机跑到山上或者海滨躲避喧嚣和尘埃能有什么用？反正搅出喧嚣和尘埃的人都跟在我们身后呢。”

“即便在海上，”法林顿怨念地说道，“也躲不开那些俗物。哪怕是最尊贵专享的蒸汽轮船也跟一艘渡轮没有什么两样。老天帮帮我吧，但愿避暑的人觉得这座忘忧果旅社到百老汇大街的距离比去千岛群岛或者麦基诺岛还要遥远。”

“无论如何，但愿这方秘境在一个星期内能够安然无恙，”女士含着笑意叹息道，“若是这些人从天而降，来到这座贴心的忘忧果旅社，天知道我还能去哪儿。就我所知，盛夏里如此悦人心意的地方唯有一处，就是乌拉尔山上波林斯基伯爵的城堡。”

“听说巴登－巴登[①]和戛纳[②]在这个季节几乎见不到人影。”法林顿说道，“这些老旧的度假地一年不如一年。恐怕很多人都跟我们一样在寻觅为多数人忽略的安静角落呢。”

“只盼着这样可心的休假还能再享用三天。”博蒙女士说，“星期一锡德里克号就要出发了。”

哈罗德·法林顿的眸光中透露出惋惜的情绪。“星期一我也得走了，”他说，“只是去的不是国外。”

博蒙女士只用一边肩膀耸动了一下，动作洋气十足。

“虽说这里令人陶醉，可总不能一辈子住在这儿。早在一个多月以前，城堡里就在筹备着等我回去。那些反正都得筹办的家庭聚会——真烦人！不过，在忘忧果旅社度过的这一个星期我一定终生难忘。”

“我也是，”法林顿沉声说道，“而且我永远不会原谅锡德里克号。”

三天后恰逢星期日，当天晚上，两人又来到这个阳台上，在一张小桌子旁边落座。侍者小心翼翼地送上刨冰和两小杯干红。

---

① Baden-Baden：德国巴登－符腾堡州的城市，位于德国西南部，黑森林的西麓，奥斯河谷。巴登－巴登是著名的温泉疗养地。

② Cannes：戛纳位于尼斯西南约26千米处，濒临地中海，是法国滨海阿尔卑斯省的省会，和尼斯、蒙特卡洛并成为南欧三大游览中心。戛纳电影节颁发的金棕榈奖是公认的电影最高荣誉之一。

博蒙女士身着一套华美的晚礼服，每晚用餐的时候她都要穿上这套礼服。她一副心事重重的样子。手边的桌上放着一个小巧的手包。吃完自己那份刨冰之后，打开手包，取出一张一元的钞票。

“法林顿先生，”她面带笑意说道，这样的笑容曾经赢得了忘忧果旅社全体人员的欢心，“有件事我想跟你说说。明天早餐前我就走了，因为得回去上班了。我在凯希超级大卖场卖针织品，我的假期到明天上午八点钟结束。这张一元钱的纸币是我能看得见、摸得着的最后一点钱，要等到下星期六我才能领到八元的周薪。你是位真正的绅士，待我一直不错，所以临行之前我想明说了。我节衣缩食，攒了一年工资才省出这个假期的挑费。我渴望像一位贵妇一样地挥霍，哪怕就一星期也好。我渴望在清晨不必天天七点钟就强支撑着爬起来，而是愿意什么时候起床就什么时候起床；我渴望着像富贵中人一样过日子事事都求最好，有人桌边听吩咐，想要什么东西的时候就按铃传唤。如今这事已然经历过了，这辈子梦寐以求的最幸福的日子已经体验过了。我就要回去上班，窝在我那间位于走廊尽头狭小的隔间里度日，可是心里的满足感就是一年也消减不了。这事我得跟你说清，法林顿先生，因为我——我觉得你对我好像多少有几分好感，而我——我喜欢你。可是，哦，我无可奈何只好一直把你蒙在鼓里，到今天才一吐为快，因为这一切对我来说简直是神话故事一般。于是我和你聊欧洲，把书上读来的事都和你谈，让你觉得我这个女人非同凡响。

“我穿的这套裙子——是我唯一的合穿的衣服——是在奥多德·莱温斯基公司分期付款买的。

“裙子的价格是七十五美元，是按照我的体形量体裁剪而成。首期花了十元，分期付款每周一元，付清为止。这些话就是我要告诉您的，法林顿先生。另外，我并非博蒙女士，我名叫玛米·西维特，谢谢您注意到我。这一元钱是我明天付裙子钱用的。我想我该回自己的房间去了。”

听着忘忧果旅社里可爱至极的房客絮絮讲来，哈罗德·法林顿面上没有动声色。待她打住了话语，才从上衣口袋里取出一个支票簿似的小本子。他用一根铅笔头儿在一张空白表格填写了几笔，又将那一页扯下来，转手递给身边这位女士，然后收起那张一元纸币。

“明天早晨我也得回去上班了，”他说，“要不从此时此刻就开始工作也不错。那张纸是收到一元分期付款的收据。我在奥多德·莱温斯基公司担任收款员，已经三年了。我们俩在度假问题上居然不谋而合，多有趣，是不是？我一直盼着能在豪华旅社里住上一住，于是把百分之二十的收入都存起来，然后就来住了。我说，玛米，星期六一起坐船夜游科尼岛——你看如何？”

这位假扮的海洛薇丝·达西·博蒙女士的俏脸瑶光曳曳。

“噢，说好了我一定去，法林顿先生。大卖场每逢星期六十二点钟打烊。虽说我们俩已经在这么豪华的地方待了一周的时间，去科尼岛玩玩肯定也很不错。”

七月盛夏时节的夜晚，阳台下面那座城市在闷热中发出轰轰、嗡嗡的抱怨声。而忘忧果旅社之内温凉怡人的树荫说了算，热心肠的侍者在矮窗附近单腿站着，只待这位女士和她身畔的人略略点头示意，立时就能赶上前去侍候。

两人来到电梯门口，法林顿就要离开了，而博蒙女士也是最后一次上楼。还没走进那个悄无声息的笼子，他却说：“忘了‘哈罗德·法林顿’这个名字好吗？——我叫麦克曼努斯——詹姆斯·麦克曼努斯。有人叫我杰米。”

“晚安，杰米。”女士说。

骗子哲学

欧·亨利在中国走红的一个原因是他肯写那些“雄赳赳、气昂昂”的丑陋骗子，理直气壮、口若悬河地行骗，而且完全没有身为骗子要心虚的自觉。杰夫·彼得斯是他青眼有加的角色，几乎所有的骗子故事都是以这个名字送给读者的。从姓名暗示的角度看，Jeff 这个名字也是神来之笔。Jeff 是 Jeffrey 的昵称，在古德文中是“和平”的意思，文学作品中往往用来命名知识丰富，有抱负和才华的人。按说以欧·亨利的取名习惯，骗子是不配这样的美名的，所以从某种意义上说，他打破了自己的范式。

颠覆常规范式——外形的原型认识、故事情节的结构范式——是欧·亨利的特质。译者主要也是从这个角度出发选取了《丛林里的孩子》《醉翁之意》和《双料骗子》这三篇，它们各具特色，情节出人意料。

熟读欧美文学中的骗子故事之后，往往能归纳出若干骗术的套路，而一旦情节落入常规套路，读者就失掉了阅读的乐趣。欧·亨利笔下的骗子具有优雅的绅士派头、独特醒目的颜值，这个特征是非常规的，因为现实生活中我们往往在潜意识里认为骗子是有原型的。如果看一看早期的中国电影，哪个是真汉奸，哪个是打入敌人内部的地下工作者，凭借颜值就能一目了然，这是戏剧受文学的反作用。欧美文学中骗子多数外形出众，而《醉翁之意》这篇小说则颠覆了这种概念。

文首大段的外形描写成为故事铺开的伏笔，作者设定了主人公贾德森·塔特外貌与声音的对比，以及贾德森·塔特和男二号弗格斯·麦克马汉之间的对比，对方的音貌特质恰好与他相反。

贾德森·塔特“的容貌实在是丑陋，真真是我平生所仅见。他丑得与其说令人排斥，毋宁说是令人惊诧——那张脸好比林肯的脸一样凹凸不平，五官没有一处正常的，见了这样一张脸你肯定会仿佛中了魔法一样惊慌失措。他看上去真像一个恶魔，或者是渔夫捞出来的瓶子里冒出来的一股妖气的化身”。与之形成强烈对比的是他的声音，“当这个男人开口的时候，我感受到一种魔力。他的嗓音仿佛一支诱人的乐器，他的演奏虽然多少有点华而不实，那乐曲却引人入胜。他根本不打算让你忘却他面容的丑陋，反而当着你的面夸耀，让丑颜成为他的话语魅力的一部分。若是合上眼帘，你简直要追随着这位捕鼠人的笛声一直走到哈梅伦城的城墙边。”

与之对立的角色是弗格斯·麦克马汉，“要说他那英俊的外表，我必须承认他就好比免税的舶来品一样。他五官端正，一头卷曲的金发，一双碧眼笑意盈盈。人家说他长得和罗马博物馆里摆着的那个名叫赫尔墨斯（Herr Mees）的雕像一模一样，赫尔墨斯是掌管语言和口才的神祇……他话里的深意就好比你在瞌睡的时候床头漏雨，水都滴落在锡制的菜锅里似的。”

如果非要从这样的形象对立中找出“金无足赤、人无完人”这一真理的话也就没有了故事的趣味。主人公用华丽的情节铺垫了很久，得出一个结论：他的爱情、名望、成就都源于美好的声音，而关键时刻是印第安混血药剂师的药物挽救了他的声音，所以这个药好神奇、好灵验啊。作者亲自点明了读者的心情，那真是“打雷打雷”的感觉。一个圆满曲折的故事，天上一拳地下一脚的自我吹嘘，原来是为了卖咽喉药，让读者的心从五彩云端狠狠地跌落尘埃。这样超脱于范式之外的情节结构真的只是神来之笔吗？

《丛林里的孩子》和《双料骗子》都有精心谋划的骗子反被人骗的结构元素，这是喜剧故事的变体。一般而言，我们会认同好人亲自复仇或者设计一个复杂的陷阱，让骗子落网。这两篇小说都暗示我们：骗局无处不在，千万别自作聪明，一个骗子如果不是先动了妄念，就不会落入他人的陷阱。

《丛林里的孩子》借用了英国民间文学的元素，典故中的两个孩子被叔叔骗入丛林丧命，叔叔也没有好报。这样的故事结构在结构主义叙事分析中数不胜数。作者设计的主人公似乎精于谋算、胸有丘壑，他的抱负和雄心在文首的铺垫中如熊熊烈火，使读者暗暗期待他的谋算要怎样出人意料地展开。“年岁不饶人啊，将来你脑筋不好使的时候，再想中规中矩地骗那些成年人怕是应付不来，那时候就投奔纽约去吧。西部的冤大头一分钟出一个；要是换在纽约，冤大头多得好比鱼子一样，简直成帮成伙的，数都数不清！”这样的凌云壮志和精明狡黠确实和文末骗子的自问形成了鲜明的对比。“不过，比利，让我百思不得其解的问题是：好多百货公司里居然也都在卖同样的画，配了画框才卖 3.48 美元。但是单买画框的话，反而要 3.5 美元——这事我还是真想不透。”他居然还没有醒悟过来，而且还在计算账目上的出入,读者也是醉了。如果主人公恍然大悟，恐怕读者得不到现在的捧腹大笑。结构范式的摧毁才能给读者带来阅读的乐趣。当然也可以认为并不存在什么典故，丛林里的孩子就是山里娃的另一个变体，这个骗子到了大城市纽约就是没见过世面的乡下孩子，他哪里逃脱得了城里巨骗的精心陷阱呢?

《双料骗子》也是作者对自我情感的一种挑战，如果他真的有如文学评论中所述的那样对西部怀有莫名的憧憬与爱恋。最后获胜的利亚诺·基德（Llano Kid）是个典型的西部青年，残暴好斗，拿人命不当回事，踩着别人的血成就自己的英雄名声，游离于律法之外。这个定义不是我们预料到的西部故事。我们熟知的西部故事里有爱情，有英雄美女组合，有反面角色，无垠的草场与幕天席地的生活是英雄人物的性格养成元素。这一次的主角不仅有阶级观念——他认为杀了墨西哥人无所谓，好像当地人也普遍认同这个观念——还不择手段，只要能逃离，偷盗别人的马匹也做得出来，而偷马在当地的评价体系中要算到人品问题里，看来远比杀戮更严重，也就是说这是一个卑鄙无耻、辣手无情之徒。最后他借助骗子领事撒克的手摇身一变，成为富家公子，而且更有甚者，他明明是这对可怜夫妇的杀子仇人。“我在拉雷多宰了的那个家伙，左手背上也有一模一样的文身。”

反过来再看看这个逃脱了惩罚的杀人犯尊姓大名——Kid，还是孩子，当然如果视之为动词，就有欺骗、戏弄的意思。以作者的命名习惯而言，主人公是配不上这个姓氏的，因而也是一种颠覆。

在这篇小说里，作者还进行了一次范式改革，是关于良心发现的。我们在道德故事中往往能读到好人最后获得补偿，或者得享天堂的极乐至福，或者在坏人临门一脚的时候醒悟过来；本篇则印证了“恶人自有恶人磨”的铁律，中国的读者肯定有会心一笑之爽。两篇故事都在此处戛然而止，留下充分的余地给读者窃喜，这也是颠覆常规的写作范式带来的喜悦。

丛林里的孩子[①]

在西部，蒙塔古·西尔弗算得上是最精明的街头推销员，也是卖艺术品赝品的骗子之中手段最高的。曾几何时，他和我在小石城[②]说过一回这样的话："比利，年岁不饶人啊，将来你脑筋不好使的时候，再想中规中矩地骗那些成年人怕是应付不来，那时候就投奔纽约去吧。西部的冤大头[③]一分钟出一个；要是换了在纽约，冤大头多得好比鱼子一样，简直成帮成伙的，

---

① 英国传统儿童民间故事中有一则名为*Babes in the Wood*（《森林里的孩子》），故事讲述了两个小孩子在父母去世后，由叔婶照顾。叔叔为了获得他们的遗产将孩子们交给暴徒，回家告诉他的妻子，他们被送到伦敦教养。两个暴徒中比较温和的那一个告诉孩子们他会回来，却一去不复返。孩子们独自徘徊在树林里，直至死去，知更鸟用树叶掩埋了他们。这个道德故事中叔叔最后遭到报应。宗教净化过的版本中孩子们得享天堂。基于这个故事有歌曲、动画片等艺术作品问世。

② 小石城（又译小岩城）位于美国阿肯色州中部，是该州首府和最大城市。

③ There's a sucker born every minute：这句话被认为和19世纪美国著名的马戏团老板巴南有关，但最新的说法是没有足够证据证明这一点。在这里使用这句话是说骗子们眼中纽约遍地都是傻子，容易轻信。

数都数不清！”

时隔两年，我意识到俄罗斯的那些海军上将的尊姓大名自己已经想不起来了，此外我还发现左耳朵上方居然冒出了几根灰白的头发；于是我明白该是采纳西尔弗的忠告的时候了。

我抵达纽约的时候正值正午时分，于是就到百老汇大街溜达溜达，这一遛居然跟西尔弗走了个对脸儿。他一身宽袍广袖的套装，斜倚在一家旅馆门口，用一条丝绸的手绢拂拭指甲上的半月痕。

“是患上了麻痹性痴呆，还是金盆洗手了？”我问他。

“你好啊，比利，”西尔弗说，“见到你真高兴。没错，西部的人好像攒出点儿小聪明来了，而且还真是不少。纽约我一直没动手，就是想当甜点最后再用。我也清楚算计这些人的东西未免有点儿卑鄙。纽约人整天忙着这事儿、那事儿，跑这儿、跑那儿，他们的脑子基本不用。要是让妈妈知道了我居然在剥这些脑子进水了的家伙的皮，我可不高兴。她栽培我是想让我更有出息点的。”

“难道说，给人做植皮手术的老大夫的候诊室里已经挤得水泄不通了吗？”我问道。

“啊，不是这意思，”西尔弗说，“要想今天口头上赢了我，你犯不上非得把‘表皮’还给我。我到这里也只有一个月，不过什么时候开张都没问题。威利·曼哈顿主日学校的学员个个主动捐赠给我一块皮，我才恢复了原本的风光，这些人兴许会把自己的相片寄给《每日晚报》。

“我一直在琢磨这座城市，”西尔弗说，“我天天都看报纸。好比连市政厅里的猫都能认识一位姓奥沙利文[①]的人一样，我对这座城市了如指掌。在这里的人，你要是谋算他们的钱谋算得稍微慢一点，他们一时都忍不得，非得赖在地上大呼小叫、连踢带打不可。来我屋里谈吧，我都告诉你。看在当年的分儿上，比利，咱俩联手，好好在这座城市里淘淘宝吧。”

西尔弗领我走进一家旅馆，房间里散落着好多无关紧要的杂物。

“这些住在大都市里的草包，我有的是办法骗出他们的钱来，”西尔弗说，“比南卡州查尔斯顿市做米饭的菜谱还丰富。这些家伙不论你下什么饵都能咬钩。绝大多数的人都是脑积水。智商越高，思维能力反而越低。哎哟，前几天，小洛克菲勒的肖像画就被人家卖给了约·皮·摩根，非说是安德烈亚·德尔·萨尔托笔下闻名遐迩的《圣约翰像》，不是吗[②]？

---

① 奥沙利文是源自爱尔兰的姓氏，后因为移民潮，这个姓氏在英国、北美和澳大利亚也有。

② J.P.Morgan 全名为 John Pierpont Morgan，美国金融家、银行家、慈善家、艺术品收藏家。Rockefeller,Jr. 的全名是 John Davison Rockefeller,Jr. 是美国著名慈善家，洛克菲勒家族的重要人物。他是标准石油公司创办人约翰·洛克菲勒的儿子和唯一继承人。安德烈亚·德尔·萨尔托是意大利文艺复兴的兴盛期后期的画家，真名为安德烈亚·达克罗，主要作品有《圣乔凡尼·巴蒂斯塔》。

“瞧见旮旯里堆着的那捆印刷品了吗，比利？那都是金矿股票。有一天我才刚刚卖了两个钟头就不得不停手。怎么回事呢？我造成了交通堵塞，被警察逮捕了。为了买这些股票，人们都打起来了。就在去警察局的路上，我还卖了一沓子给警察，之后就没再出手。我又没想让人家直接把钱送给我。我希望大家能在交易的时候多少动动脑子考虑一下，也好让我的自尊心免受伤害。我希望哪怕是掏一个大子儿给我，他们最好能先猜猜看‘芝哥’这个地名里少了哪个字，或者在耍牌的时候先摸到一对九。

“另外还有一个不起眼的小伎俩，就是因为毫不费力，我只好搁置起来不用了。瞧见桌上那瓶蓝墨水吗？我用墨水在手背上画了一个铁锚，假装文身，然后跑到银行跟人家说自己是杜威[①]上将的侄子。我设计了一张一千元的支票，以他的名义签署的，银行答应给我兑付现款，可其实这位叔叔我是只知道尊姓，不知道大名。不过你瞧纽约这个城市多容易得手啊。要说入室抢劫的，除非屋子里热饭热菜全都准备停当，还有几个大学生听候吩咐，否则抢劫犯都不稀罕进人家的家门。满城的高端住

① 乔治·杜威（1837—1917）：美国海军上将，美西战争的海战明星，他参与的最知名的战役是马尼拉湾战役。1903年，他被授予海军特级上将军衔，这是美国海军最高等级的军衔，他也是迄今为止唯一获得这一殊荣的人。为了纪念他，美国海军有许多舰艇以他命名。

宅区里这些家伙都犯过血案，可是，这种案子通纽约上上下下顶多算是故意伤害。”

“蒙蒂[①]，”趁西尔弗缓口气的时候我说道，“你对曼哈顿的这番挖苦还真是精辟，不过我还是觉得有点没谱儿。虽说进城来刚刚两个钟头，可是我仍然觉得曼哈顿不会像个小处女那么好蒙。城里的乡土气不多，不合我的口味。要是这里的人头发上沾着一根儿半根儿的稻草，套上一件棉绒坎肩，挂上一根七叶树做的表坠，我肯定觉得舒心得多。我觉得这些人未必好应付。”

“一语中的，比利，”西尔弗说，“离乡背井到这来的人都有这种感觉。跟小石城还有欧洲一比，纽约太大了，所有外地人都胆战心惊。跟你说，当地人要是不肯把全部身家都塞进洗衣篮里、喷好了杀菌剂给我送过来的话，我简直想扇他们一耳光。居然要亲自跑上大街去骗钱真是让我不痛快。在这座城里，什么人见天戴着钻石？哎哟，是窃听者的老婆温妮，还有诈骗犯的新娘贝拉。把纽约人的钱掏出来真是好比在椅套上摆朵蓝色玫瑰一样轻而易举。能让我发愁的事只有一件：要是衣服里塞满了面额二十元的钞票，坎肩口袋里的雪茄烟准得给这些钱压折了。”

“我也盼着就跟你说的一样，蒙蒂，”我说，“不过要是

① 蒙蒂是蒙塔古的昵称。

我当初没有那么心高气傲，在小石城做个小买卖就肯心满意足，倒也不错。小石城里从来就没缺少过农场主，要是想找几个人在申请新添一家邮局的请愿书上签个名，然后拿着这份请愿书跑到银行里去申请个两百块钱的贴现[①]，总能找到几个人。可是本地人好像生来就有回护自己的本能，一毛不拔。就怕是咱俩的本领对付不了本地人。”

“不要揪心，”西尔弗说，“这座城市从杰维尔[②]到塔里堂[③]我都揣摩得透透的了，就好比北河算是哈德逊河的一支，而东河其实根本不是一条河，这些我都心知肚明。哎哟，住在百老汇大街两边的四个街区的居民这辈子只见过摩天大楼，其他的建筑压根儿都没见过！不出三个月，一个能干的西部好汉肯定能引人瞩目，不是博得张三慷慨解囊，就是招来李四勃然大怒。”

“太夸张的就算了，”我说，“除了向救世军[④]求助，或者

---

① 贴现：指银行承兑汇票的持票人在汇票到期日前，为了取得资金，贴付一定利息将票据权利转让给银行的票据行为，是持票人向银行融通资金的一种方式。

② Jayville杰维尔是纽约下属圣劳伦斯县境内西南部的一个小村子，原本是矿区。

③ Tarrytown塔里堂是一个历史悠久的村庄，位于哈德逊河东岸，纽约以北25英里。

④ 救世军：基督教组织，旨在推广基督教精神，关爱穷苦人，他们一般身着军装。

跑到海伦·古尔德小姐[①]的门前装可怜之外，你还知道有什么瞬间就能奏效的招数，让我能叨登出一两个美元花花吗？”

“招数有的是，”西尔弗说，“本金带了多少，比利？”

“一千块钱。”我告诉了他。

“我手里有一千二，”他说，“咱俩合伙经营个大买卖。能赚出一百万巨款的法子我有的是，所以都不知道该从哪个下手了。”

翌日清晨，西尔弗跑到我的旅馆来见我，他高门大嗓、情绪激昂，透着一股喜气。

“今天下午咱们和约·皮·摩根见个面吧，”他说，“我在旅馆里认识的一个人想要从中介绍。这个人是摩根的朋友。他说摩根乐意和西部来客见面。”

“听上去不错，有鼻子有眼的，”我说，“我很愿意认识摩根先生。”

“跟个把金融大王混个脸儿熟，”西尔弗说，“哪有什么坏处。纽约人跟外来客交际的方式我还真有点赞赏。”

西尔弗认识的那个人名叫克莱因。下午三点钟的时候，克莱因引着那位华尔街的朋友来到西尔弗的房间，跟我们俩见面。这位“摩根先生”的外形和照片里差不多，他左脚上包了一块

① 海伦·古尔德（1868～1938）：美国资本家杰·古尔德的长女，著名的慈善家。

土耳其毛巾，走路时拄着一根文明棍儿。

“这位是西尔弗先生，这位是佩斯库德先生，”克莱因说道，“再来介绍这位金融界巨擘的名字好像有点多余吧——”

“省省吧，克莱因，”摩根先生说，“很高兴认识二位先生；我对西部兴致很高。克莱因告诉我，二位来自小石城。我想那边有一两条铁路是我的财产。二位之中要是哪位愿意玩一两把沙蟹[①]游戏，那我——”

“喏，皮尔庞特，”克莱因打断他的话，“你又忘啦！”

“请原谅，二位先生！”摩根说，“自从得了严重的痛风，我也只有在家里偶尔玩玩纸牌了。在小石城住的时候，哪位认识独眼龙彼得斯，难道都不认识吗？他住在新墨西哥州的西雅图[②]。”

不等我们搭腔，摩根先生已经抡起文明棍儿敲打着地板，来来回回踱着步，破口大骂起来。

“是不是因为今天有人在华尔街抛售你的股票啊，皮尔庞特？”克莱因笑嘻嘻地问道。

“股票？没有！”摩根先生咆哮着喊道，“是因为那幅画，我还派了代理商去欧洲替我买。刚才忽然想起来这回事。今天

---

① 沙蟹是一种扑克牌游戏，五张牌四明一暗，根据牌的组合游戏者可以在每次获得一张牌的时候加赌注。

② 西雅图实际上位于美国西北部，地图上距离加拿大的温哥华很近。而新墨西哥州位于美国西南部。文中故意设计，以显示所谓的摩根先生很无知。

他给我发了电报，说在意大利满世界地找也没找到。到明天的话，我就出价五万元买那幅画——好吧，我出七万五千元。我还给了那个代理商一张 Alacarte[①] 好让他用来买画呢。真是搞不懂，怎么每家画廊会让一幅达·芬奇——”

“怎么，摩根先生，”克莱因说，“我还以为达·芬奇的画作都在你的手里呢。”

“那幅画是什么样子，摩根先生？”西尔弗问道，“肯定跟熨斗大楼[②]的外立面一样庞大吧。”

“您的艺术修养只怕是都修到屁股上去了，西尔弗先生，”摩根说，“那幅画只有 27 × 42 英寸见方；题名是‘爱人的休闲时光’，画里表现了众多披斗篷的模特儿在一条紫色河流的岸边舞蹈的场景。电报上说兴许那幅画已经送到美国来了。要是买不到那幅画，我的藏品就永远有缺憾。好吧，就聊到这儿吧，先生们；我们金融家都必须保持早睡的习惯。”

摩根先生和克莱因相携着乘车离去了。我和西尔弗聊起天来，说这些大亨居然这样简单，居然对人毫不质疑；西尔弗说，谋算摩根这种人的钱简直丢人；我说我也认为确实不怎么光彩。

---

① Alacarte 是法语词，指照菜单点菜，每道菜分别定价，有别于套餐。此处摩根先生故意说了个法语词以显得自己有学问。

② Flatiron Building 直译为熨斗大厦，该大楼建造时称为福勒大厦（Fuller Building），位于曼哈顿岛第五大道 175 号，坐落在 23 街、百老汇大道和第五大道交叉的一个三角形的街区上，是当时纽约市最高的大楼之一。熨斗大楼的名称来自其三角形的街区，形似熨斗，被认为是曼哈顿最老的摩天大楼。

克莱因回来后提议大家饭后去散散步，于是我和西尔弗还有他一行三个人沿着第七大道看起风景来。克莱因在一家当铺的橱窗里看到一对袖扣，爱得不得了，于是进店去买，而我们两个也跟了进去。

大家返回旅馆之后，等到克莱因走了，西尔弗蹭地一蹿跳到我眼前，比比画画地说道。

“你瞧见了吗？”他问道，“你瞧见了吗，比利？”

“什么东西？”我问。

“哎呀，就是摩根想买的那幅画。就挂在当铺里，柜台后面。因为克莱因也在，我就什么都没说。果真是那玩意儿，毋庸置疑。那些姑娘画得跟真人似的，个顶个曲线妖娆，要是穿上连衣裙，那三围的尺码都得是 36：25：42 英寸。在画上姑娘们正伴随着蓝调音乐在河岸上跳单人踢踏舞[①]。摩根先生说他愿意出多少钱来着？哦，可别非逼着我告诉你啊。当铺里的人绝对想不到自己挂了一件什么东西。”

转天一大早，那家当铺开张做生意的时候，我和西尔弗早已经候在门口了，仿佛急不可待地要把隆重的大西装典当了好买杯酒喝似的。我们俩踱着步进了门，开始打量表链。

“上面挂的那幅画色彩太张扬了，”西尔弗一副无可无不可的样子对当铺老板评论道，“不过画里那个露出了肩胛骨、

① Buck-and-wing，是美国英语的词汇，指一种动作复杂而快速的单人踢踏舞。

披着红纱的姑娘挺合我的胃口。我出价2.25美金，怎么样，这些钱足够让你把这么个易碎的货赶紧清出仓库了吧？”

当铺老板微微一笑，继续给我们展示镀金表链。

“那幅画，”他说，“是去年一个意大利人抵押给我的，贷款五百块钱。那幅画名叫‘爱人的休闲时光’，是列奥纳多·达·芬奇的作品。两天前合同到期，因此现在已经成为绝当品。我这儿有一款表链正当流行呢。”

足足半个钟头之后，我和西尔弗给当铺老板付了两千块钱，带着那幅画出了店门。西尔弗带着画打了一辆车，直奔摩根的办公室。而我则返回旅馆去等他。两个钟头以后，西尔弗回来了。

“见到摩根先生没有？”我问道，“他花了多少钱买这幅画？”

西尔弗坐下来，拨拉着台布的流苏有点发傻。

“其实我根本没有见到摩根先生的面，”他说，“因为摩根先生去欧洲了，走了一个月了。不过，比利，让我百思不得其解的问题是：好多百货公司里居然也都在卖同样的画，配了画框才卖3.48美元。但是单买画框的话，反而要3.5美元——这事我还真是想不透。”

醉翁之意

当他从德斯布罗塞斯大街的轮渡出站的时候，我禁不住对他产生了兴趣。他那一身的气派分明是踏遍了千山万水，与纽约城久违之后，以城主姿态重新踏入自己的领地。然而我却对他的这身气派不以为然，这座遍地哈里发[①]的富贵城池里满地都是滑不溜丢的鹅卵石，我坚信他的双脚哪块石头都不曾踩到过。

他身穿一件宽松的衣服，呈浅褐色，还带点蓝瓦瓦的颜色，很是古怪；头戴一顶传统的圆顶巴拿马草帽，不像北方那些爱花哨的人诚心要丑化这种热带地区的头上设备那样把帽顶捏出个窝儿，也没有歪戴着。此外，他的容貌实在是丑陋，真真是我平生所仅见。他丑得与其说令人排斥，毋宁说是令人惊诧——

① 哈里发是伊斯兰国家领袖的音译，往往不仅是政治领袖，也有宗教地位。

那张脸好比林肯的脸一样凹凸不平，五官没有一处正常的，见了这样一张脸你肯定会像中了魔法一样惊慌失措。他看上去真像一个恶魔，或者是渔夫捞出来的瓶子里冒出来的一股妖气的化身。后来这人告诉我，说自己的名字叫贾德森·塔特；那么我们权且用这个名字来称呼他吧。他系了一条绿色的绸缎领带，上面扣着一枚托帕石丝巾扣；手里还拄着一根鲨鱼脊骨制成的拐杖。

贾德森·塔特跟我搭讪了几句，泛泛地问起这座城市里的街道和旅馆，仿佛一时之间记不清这些微不足道的小事。我正住在市中心一家宁静的旅馆里，我想没有理由诋毁自己的下处，于是当天夜里的凌晨时分，我俩吃也吃了，喝也喝了（**我掏的腰包**），准备在旅馆的大堂静谧的一角坐下来，抽支烟。

贾德森·塔特心里有事儿，看来很想说给我听。他已经把我当成了朋友。可是每逢一句话终了，他都把一只轮船上的大副才有的、被烟熏黄的巨掌举到我眼前，离我的鼻子不足六英寸的地方强调一下自己的话。但凡看到这只巨掌，我都在心底暗想，他对陌生人有敌意的时候是否也是如此孟浪呢。

当这个男人开口的时候，我感受到一种魔力。他的嗓音仿佛一支诱人的乐器，他的演奏虽然多少有点华而不实，那乐曲却引人入胜。他根本不打算让你忘却他面容的丑陋，反而当着你的面夸耀，让丑颜成为他的话语魅力的一部分。若是合上眼帘，你简直要追随着这位捕鼠人的笛声一直走到哈梅林城的城墙边[1]。不过再往前走一步的话，恐怕唯有你更孩子气才会继续跟着他走。还是让他按着自己的词句谱曲吧，这样如果听起来不好听，也是曲子的毛病。

“女人，”贾德森·塔特说，“都是神秘莫测的动物。”

我的心一沉。我可不是来听这段老调门儿的——这种陈词滥调早就被人驳斥得体无完肤，无聊又无据，不合逻辑，而且言语恶毒，很明显就是句诡辩之辞。这话分明是女人自家传出来的谎话，从古老岁月里就编出来的、莫须有、讨人嫌的话，听着刺耳，偏偏没有根据，阴险得很。这是女人自己想要证明、进一步证明、再进一步证明自己是多么有魅力、善规划，因此采取卑鄙、诡秘的诈骗手段，暗示、蒙骗、灌输、传播，并且独具匠心地传到人们耳朵里的。

“哦，我还真不知道！”我操着一口本地话应道。

“奥拉塔玛听说过没有？”他问道。

“兴许吧，”我应道，“印象中好像是一个踮脚尖儿跳舞的演员，也许是个刚兴建的郊区，又好像是一款香水，貌似就

① 德国中世纪传说，1284年，哈梅林城老鼠成灾，一位花衣吹笛人用笛声将老鼠都赶走、淹死在河里。但是市民不肯如约付给他报酬，于是此人用同样的手段将所有的孩子都拐走了，幸存者仅有三人。

叫这个名字。”

“是一座海滨小镇，”贾德森·塔特说，“位于一个你一无所知、也无法理解的国家。在那个国家是一个独裁者说了算，革命和叛乱是家常便饭。就在那座小镇里，上演了一幕非凡的生活大剧，担纲主角的是美洲第一丑男贾德森·塔特，还有无论历史上还是文学里都堪称第一美男的探险家弗格斯·麦克马汉，以及奥拉塔玛镇镇长的美貌女儿安娜贝拉·扎莫拉小姐。还有一件事得提一提——世上唯有乌拉圭的三十三人省[①]才长有‘楚楚拉’这种植物。我提到的那个国家的物产包括贵重的木材、染料、黄金、橡胶、象牙，还有可可。”

“我还真不知道，”我说，“南美洲居然也出产象牙。”

“这误会可不是一星半点儿，”贾德森·塔特说道，这么几个字用他那悦耳的嗓音说出来至少转了一个八度音阶，“我可没说过刚才提到的那个国家在南美洲——我说话必须严谨，亲爱的老兄；要知道，我在那里是搞过政治的。不过，话说，我跟那个国家的总统下过棋，是用貘的鼻骨制成的棋子，那是当地的一种奇蹄目动物，生活在科迪勒拉山脉[②]，它的鼻骨眼瞧着就跟上好的象牙一样。

① 旧译为特伦塔－特雷斯，是乌拉圭东部城市，位于大奥立马尔河畔，为了纪念独立战争中的三十三名爱国志士而命名。

② 世界上最长的褶皱山系，纵贯南北美洲大陆西部，北起阿拉斯加，南到火地岛。

“不过我想告诉你的不是动物的事，而是关于浪漫、探险，以及女人的行事风格。

“我隐身在那个共和国的最高掌刑人[①]桑乔·贝纳维德斯那个老家伙背后，掌权十五年。你在报纸上见到过他的照片——照片上是个多愁善感的黑人，一部连鬓胡子好比瑞士产的音乐盒圆筒上的音符，右手里握着一个纸卷，像是用来在家用圣经上填写子孙生辰的那张纸一样。哎哟，曾几何时，那位巧克力色的统治者可是种族界限和南北半球问题上最惹人关注的人物。他究竟能流芳天下还是玉石俱焚还真是没谱。要不是当时的美国总统是格罗弗·克利夫兰[②]，肯定有人要把他称作南美洲的罗斯福。他总是当个一两届首领，之后就指定一个接班人临时过渡，好卸任一阵子。

“可是所有这些好名声都不是‘解放者’贝纳维德斯自己赢来的。不是他，是贾德森·塔特。贝纳维德斯不过是个应声虫。都是我在建言献策，告诉他什么时候该宣战，什么时候该提高进口税，什么时候该穿上朝的长裤。不过我想说的可不是这些。我怎么就成了如此一个人物呢？我来跟你说说，那是因为从亚当初次睁开双眼、把嗅盐推到一边，问道：‘我这是在哪儿啊？’

① 原文 thumbscrew 为古代一种夹拇指的私刑。

② 克利夫兰（1837—1903）：美国第二十二、二十四届总统。而富兰克林（1882—1945）是美国第三十二任总统，历史上唯一连任四届的总统。

的那一刻开始算起，会出声的人里我的健谈是得天独厚的。

“你瞧也瞧得出来，大概除了新英格兰早年间基督教科学派[①]的那些人的照片以外，我是你平生见过的最丑陋的人。因此，年纪不大的时候我就认识到，必须口齿伶俐，才能弥补形象的缺憾。我已经做到了。我想什么就能来什么。我在贝纳维德斯背后给他撑腰支着儿，历史上那些非凡的幕后人物，好比塔列朗[②]、蓬帕杜尔夫人[③]、洛布之流跟我一比都有如杜马议会[④]的少数派报告一样渺小。凭我一张嘴，只字片语就能说得多少国家背负债务、多少国家逃脱债务，说得三军将士在战场上入眠，平息多少暴乱，遏制多少炎症，税收、拨款和盈余都能因我而削减，我的一声呼哨像鸟鸣一般，既能叫来好战的猎犬，也能叫来主和的鸽子。别的男人外形英俊、身佩肩章、一把虬髯、长着希腊人一样的轮廓，这些都和我无关。头一次看到我的时候，人家难免吓得一哆嗦。可是我一开口，要不了十分钟他们

① 基督教科学派或称科学教派，是基督教新教的一个边缘教派，美国人艾娣创建的教派，认为物质、苦难和罪都是虚幻的，疾病只能靠调整精神来治疗，并称此为基督教的科学。

② 塔列朗（1754—1838）：法国资产阶级革命时期著名外交家，连任六届法国政府外交大臣。

③ 蓬帕杜尔夫人（1721—1764）：法国国王路易十五的情妇，她组建的沙龙在社交界非常知名，伏尔泰也是沙龙参与者之一；她大力推广洛可可艺术，在建筑和装饰方面影响非常深远。

④ 杜马是俄文音译，意思是议会。苏联期间一度废除，1993年俄罗斯恢复了“国家杜马”。

就听得入了迷，除非是心绞痛晚期患者。男人也罢，女人也罢——来了就得入迷。那么，你不会以为女人会向往长着我这么一张脸孔的男人吧，是不是？”

“哦，不会啊，塔特先生，”我说，“历史会因为美女配丑男的事熠熠闪光，小说才因此乏善足陈。好像……”

“不好意思，”贾德森·塔特打断我的话，“你没太明白我的意思。你得听我把故事说完。”

“弗格斯·麦克马汉是我在国都里的一个朋友。要说他那英俊的外表，我必须承认他就好比免税的舶来品一样。他五官端正，一头卷曲的金发，一双碧眼笑意盈盈。人家说他长得和罗马博物馆里摆着的那个名叫赫尔墨斯（Herr Mees）[①] 的雕像一模一样，赫尔墨斯是掌管语言和口才的神祇。我猜他是一个德国生的无政府主义者。那种人总是不动窝儿，就是嘴上说个不停。

“可是弗格斯不善言谈。他从小就形成了一个观念，长得好就万事顺遂。他话里的深意就好比你在瞌睡的时候床头漏雨，水都滴落在锡制的菜锅里似的。可是我俩偏偏成了朋友，也许就是因为我们截然不同，你难道不觉得吗？在我刮胡子的时候，

① 赫尔墨斯是希腊神话中十二主神之一，商业之神、旅行者的保护神、众神的使者。文中故意误写为 Herr Mees，读音和 Hermes 很相似，而 Herr 是德语“先生”的意思。

弗格斯盯着我这张万圣节鬼脸面具一样的脸——我把自己的脸称作鬼脸聊以解嘲——，仿佛很是开心；而我每逢听到他吐出几声微弱的哼哼唧唧——他把这种声音称为说话——，身为一个有一副金嗓子的怪兽，我也心满意足了。

“有一次，我觉得必须到奥拉塔玛这座海滨小镇走一趟，来解决诸多的政治动乱，再到海关和军部砍掉几颗脑袋。弗格斯拥有国家的冰和硫黄火柴的特许经营权，他说愿意陪我一起去。

“于是，在骡队的铃铛的叮叮当当声里，我们飞速抵达了奥拉塔玛小镇，这座小镇也就归我们所有了，这事就好比但凡西奥多·罗斯福还在奥伊斯特海湾[①]住，长岛湾就不可能归属日本一样。我嘴里说是我们俩，其实指的是我自己。任何一个游历过四座国家、两片海洋、一个海湾加一个地峡，以及五个群岛的人都听说过贾德森·塔特的威名。他们都称我为绅士探险家。黄色报刊有五个栏目写到过我，一家月刊上用了四万字（算上空白处的装饰）的篇幅介绍我，《纽约时报》的第十二页整版都是我的消息。要是说我们在奥拉塔玛小镇的待遇有一星半点是靠弗格斯·麦克马汉的美貌赢来的话，我就把我的巴拿马草帽上的价签生吞下去。都是因为有我在，人家才肯张灯结彩地表示欢迎。我这人不爱嫉妒，我不过是在陈述事实。当地人

① 奥伊斯特海湾是长岛西部的一座村子，也是罗斯福的故乡。

都是尼布甲尼撒[1]，他们匍匐在我的面前亲吻草地，因为镇子上没有尘埃可以让他们亲吻。他们对着我贾德森·塔特躬身致意。他们都知道我才是桑乔·贝纳维德斯幕后的掌权派。对他们而言，从我嘴里吐出的只字片语比任何人说的话都要意义深远，好比从东方奥罗拉图书馆运来了馆里所有的毛边书[2]。还有人花了好多时间美容——擦冷霜，按摩面部肌肉（总是向着眼角的方向推），还用上了安息香酊收紧松弛的皮肤，用电疗来除掉黑痣——这是要干吗？就为了形象好看。噢，那可是离谱了！美容师应当调理的是喉咙。引人瞩目的是言辞，可不是粉刺；是语句的华丽，可不是肌肤的滑腻；是话语的悦耳，可不是妆容的悦目；是甜美的巧言，可不是如花的令色——留声机比照相机更有意义。我还是有什么说什么吧。

“当地的最高层人物把我和弗格斯安置在蜈蚣俱乐部里，那是搭建在木桩上的木结构房屋，木桩都沉在水底。潮水仅有九英寸深。镇上大大小小的官员，无论高低贵贱都跑来屈膝磕头。那可不是冲着那位赫尔墨斯（译者注：前文提到弗格斯外形美好，肖似赫尔墨斯雕像）。他们早就听说过贾德森·塔特的大名了。

① 尼布甲尼撒是古巴比伦国王，其中最为著名的是二世，他曾攻占耶路撒冷，并在首都巴比伦为他的妻子建造了空中花园。

② 以前的书在装订后不切边，新书的书页三边都是连在一起的，也有的只切地脚，不裁天头和翻口，或者只切天头，另外两边不切。读书人都需要一把裁纸刀，需要先裁开。

“有天下午，我和弗格斯·麦克马汉坐在蜈蚣俱乐部的朝海的走廊里喝着冰镇朗姆酒，聊着天。

“‘贾德森，’弗格斯说道，‘有位天使就在奥拉塔玛镇上。’

“‘只要，’我就说了，‘不是加百列[①]就好，你怎么一副听到最后审判的号角似的腔调？’

“‘是安娜贝拉·扎莫拉小姐，’弗格斯说道，‘她……她……她真是可爱得……让人沉沦！’

“‘太棒啦！’我一边说，一边心花怒放地笑起来，‘要说你描绘自己心上人的那个腔调还真是上了心呢。你让我想起了浮士德[②]追求玛格丽特的那一幕，’我说，‘就是说，假如他在掉进舞台层板底下以后才追求玛格丽特的话就好了。’

“‘贾德森，’弗格斯说道，‘要知道你的模样和犀牛一样一无是处。你不可能对女人感兴趣。可是我的心已经随着安娜贝拉小姐走了。所以我才跟你说这个。’

“‘噢，很可能。’我说，‘我的这张脸就好比在尤卡坦州[③]的杰弗逊县那里坚守着一个根本不存在的地下宝库的阿兹特

---

① 加百列是炽天使，身份显赫，后成为大天使长，担任天界警戒工作，传说末日审判的号角就由他来吹响。

② 浮士德是欧洲中世纪传说中的人物，为获得知识和权力向魔鬼出卖了自己的灵魂。歌德曾创作长达12111行的诗剧《浮士德》，写新兴资产阶级先进知识分子不满现状，探索人生意义和社会理想。

③ 或尤卡坦半岛，尤卡坦州位于墨西哥。

克[1]神像，这个我清楚。可是老天对我有补偿啊。比如说，在这个国家，举目望去，哪怕再接上几根电线杆，在杆顶上遥望，视线可及的地方，乃至视线不可及的地方，我都算个人物。还有，'我又说，'当我驾驭着我的口腔、嗓音、喉咙和他人争辩的时候，我的遣词用句可不仅仅局限于一架廉价的留声机播放出来的那些烂玩意儿，那些怕是水母的胡言乱语。'

"'哦，我知道，'弗格斯温言说道，'闲聊我不拿手，正事我也不善谈。所以我才跟你说。我想请你帮忙。'

"'有什么可以帮忙呢？'我问道。

"'我已经买通了安娜贝拉小姐的保姆[2]替我卖命，这个人名叫弗朗西斯卡，'弗格斯说道，'贾德森，你在这个国家那可是大名鼎鼎的伟人、英雄。'

"'的确，'我说，'这是我应得应分的。'

"'而我，'弗格斯说道，'则是北至北极圈、南至南极冰原最美貌的男人。'

"'仅限于面相和地域的问题的话，'我说，'我自然要赞同你的说法。'

"'你我两人肯定能把安娜贝拉·扎莫拉拿下，'弗格斯说道，

① 阿兹特克是14—16世纪的墨西哥古文明，与印加文明、玛雅文明并称中南美洲三大文明。

② Duenna：西班牙或者葡萄牙的用语，一般是家族为女儿设置的随行陪伴，是年长的女性。

‘要知道，这姑娘出自古老的西班牙家庭，只能在她赶着家族的马车在午后围着广场兜圈子的时候瞅她一眼，或者在晚间透过镶栅栏的窗子能见她闪过，平时她简直和天上的星星一样高不可攀。’

“‘拿下了归我们俩谁啊？’我说。

“‘当然是我，’弗格斯说道，‘你见都不曾见过她。现在，我已经吩咐弗朗西斯卡在几个场合里都指着我说我就是你。于是她在广场见到我的时候，就会以为自己见到的是国内最伟大的英雄、政治家和浪漫人物，唐·贾德森·塔特。兼有你的名望和我的容貌为一体的男人，她哪里抗拒得了？你的那些耸人听闻的故事她当然都听说过。然后又瞧见了我。女人家还能有什么所求？’弗格斯·麦克马汉说。

“‘她的要求能降低一点吗？’我问道，‘我们俩如何各展风采，又如何分摊战果呢？’

“而后，弗格斯就把自己的计划告诉了我。”

“他说，镇长唐·路易斯·扎莫拉家有一个天井，这个肯定会有的。天井就是一种从内院通向大街的入口。天井的一角是他女儿的窗子——那里黑漆漆的，伸手不见五指。你猜他要我怎么做？哇喔，他了解我的谈吐恣肆，有魔力、讲技巧，就提议让我大半夜地进入天井，天到那般时节我这张牛鬼蛇神般的面孔看也看不清，然后替他吐露爱情——替那个她在广场上见到过、误以为那就是唐·贾德森·塔特的美貌男人求爱。

“我怎么就不能替自己的朋友弗格斯·麦克马汉尽尽心呢？能开口求我帮忙就等于是对我的赞美——等于承认他自己存在不足。

“‘你这个笨笨的小木偶，皮肤白如百合，头发精致发光，真是精雕细刻出来的人儿，’我说，‘我就帮你这个忙。你去安排吧，夜里把我带到她的窗外，在颤音般波动的月光下，我的爱语浩浩荡荡而出，然后她就归你了。’

“‘把脸藏好了，贾德，’弗格斯说，‘看在老天的份上，千万把脸藏好了。论感情的话，我怎么也得算你的朋友，可这回是交易。要是我自己会聊天，我怎么也不会求你帮忙。瞧着我的脸、听着你的话，我还真看不出她还能逃出我的手心儿。’

“‘你的手心儿？’我说。

“‘我的手心儿。’弗格斯说。

“于是，弗格斯和那个保姆弗朗西斯卡把细节都理顺了。有天入夜以后，他们给我捎来一件黑色的高领长披风，夤夜之中把我引到那座宅邸里。我站在天井的那扇窗户旁边，终于听到隔着栅栏的那一边传来轻柔甜润的声音，仿佛天使的轻吟。我只能隐约看到屋内有一个身着素裳的身影；而我出于对弗格斯守信，把披风的领子高高竖起，毕竟也是七月天，进了潮湿的季节，深夜时分外凄冷。之后一想起弗格斯舌头打结的样子，我差一点喷笑出声。强压下笑意，我开口说话了。

“哎呀，先生，我对安娜贝拉小姐足足说了一个钟头。之所以说是‘对’她说话，是因为不曾‘陪’她说话。她只是时不时地应一声：‘哦，先生。’或者‘那么，您不是说真的吧？’要不就说：‘我知道您其实不是这个意思。’类似这些话都是姑娘们在人家正大光明地追求她们的时候说的话。我们俩都通晓英语和西班牙语两种语言，于是两种语言我都用上了，好为自己的朋友弗格斯赢得芳心。要不是窗户上装了栏杆，本来用一种语言也就足够了。这一个钟头过后，她端茶送客，还送给我一大朵红艳艳的玫瑰。回家后我就把花转送给了弗格斯。

“我假扮自己的朋友到天井里安娜贝拉小姐的窗边幽会，每三四天一去，这样持续了三个星期，她终于承认，芳心可都在我的身上了，还说起每天下午驱车去广场的时候回回都看到了我。当然，她见到的其实是弗格斯。可是真正赢得她的芳心的是我的谈吐。假使去幽会的是弗格斯本人，乌漆墨黑的地方他英俊的外貌谁能看得清，又说不出一句给自己添彩的话，还想成事不是可笑嘛！

“最后那天夜里，她允婚了——就是说，要嫁给弗格斯。她把玉手从栏杆之间伸出来让我亲吻。一吻之后，我把这个佳音带给了弗格斯。

“‘吻手的事你应当留着让我来。’他说。

“‘从今往后都归你，’我说，‘吻个不停，千万别说话。兴许她笃定自己已经爱上你以后就分辨不出真正的交谈和你发出的含糊不清的咕哝声有什么区别了。’

“要说，我还从未亲眼见过安娜贝拉小姐。于是，在转天弗格斯邀我同去广场一走，好观赏一下奥拉塔玛社交界每天一次的骑马散步和展示的时候，我去了，这种活动我原本不感兴趣。小孩和狗狗们看到我的面容之后，立马冲进香蕉林和红树林沼泽地。

“‘她来了，’弗格斯捻着胡须说道，‘就是那个身穿白色裙装，一匹黑马拉的敞篷车。’

“这一眼望去，我觉得脚下的大地都在震颤。因为在我贾德森·塔特看来，安娜贝拉·扎莫拉小姐当真是世间最美丽的女性，从那一刻起，世上唯有她堪称美女。这惊鸿一瞥之后，我就明白了我们俩必定彼此相属，不离不弃。想起自己的容貌，我险些晕厥；又一想自己在其他方面得天独厚，我又重新站稳了脚跟。我居然替别的男人追求了她三个星期！

“安娜贝拉小姐的马车缓缓驶过的时候，她那夜色一般漆黑的双眼从眼角里温情款款地、久久地凝视着弗格斯，那样的凝望要是看的是贾德森·塔特，肯定能让他飘上云端，仿佛驾上了橡胶车轮的战车直冲天堂。可是我身边那位美男子却只是拢了拢头上的卷发，像个大众情人似的得意地笑着昂首阔步。

“‘你觉得她怎么样，贾德森？’弗格斯装模作样地问道。

“‘非同一般，’我说道，‘在我心里她就是贾德森·塔特太太。要是对朋友耍心眼儿我就不算好汉。所以听好了，我提醒过你。’

“我觉得弗格斯笑得要闭过气去了。

“‘好，好，好，’他说，‘你这个丑八怪！你也入迷了，是不是？真不赖！不过你来不及了。弗朗西斯卡告诉我，安娜贝拉一天到晚总把我挂在嘴边儿。当然，你大晚上陪她甜言蜜语我也非常领情。可是，要知道，我心里想着要是由我亲自出马肯定也能行。’

“‘是贾德森·塔特太太，’我说，‘这个称谓给我记好了。当初你是借我的舌头来衬你的美貌，小伙子。可是你没法把容貌借给我，从今往后我的舌头还是我自己的。是“贾德森·塔特太太”，这个称谓你给我牢记在心里，这是以后要印在三吋半长、两吋宽的名片上的。就这样。’

“‘好吧，’弗格斯一边说一边又笑了起来，‘我已经和她的父亲，那位镇长，谈过了，他乐意。明天晚上他要在新建的仓库里举办个舞会。要是你会跳舞，贾德，希望你来见见未来的麦克马汉太太。’

“可是到了第二天晚间，当扎莫拉镇长家的舞会音乐奏响到最高潮的时候，我贾德森·塔特身着一件崭新的白色亚麻外衫一步踏了进来，那气派就好像他是全国上下最了不起的人物，当然这话还真有其事。

“有几位乐师看到了我的脸，不由得漏了几个音符，还有一两位性情羞怯的小姐惊叫了一两声。可是那位镇长紧赶慢赶地跑来，恨不得要用额头给我的鞋子擦掉灰尘。我若是只有一副好相貌，进门来的时候是不可能如此惊心动魄的。

“‘扎莫拉先生，’我说，‘久闻令爱容貌非凡。若得引见，鄙人将不胜荣幸。’

“墙边大约安置着六七十把柳条编的摇椅，靠背上都套着粉红色的椅套。安娜贝拉小姐就坐在其中一把椅子上，她身着雪白的瑞士服装，脚蹬红色便鞋，鬓发间珍珠与萤火虫交相辉映。弗格斯则身在房间的另一端，正在竭力摆脱两个深褐色皮肤、一个陶土色皮肤的姑娘的纠缠。

“镇长把我带到安娜贝拉面前，为我引见。当她第一眼看到我的容貌时吓了一大跳，手中的扇子不禁掉落了下来，椅子也几乎仰翻过去。这样的反应我也是习以为常了。

“我在她身畔落座，开口聊天。听到我的声音，她惊跳了起来，瞪圆了双眼足有鳄梨那么大。她简直无法把我的语音和我的容貌匹配起来。可是我保持着 C 调跟她聊着天，C 调是适合女性的音调；于是，时隔不久她就静坐在椅子里，双眸中浮现出一副梦幻的神采。她的反应已经渐渐随着我走了。她曾经耳闻贾德森·塔特的事迹，也知道那是一位多么了不起的人物，干过多少了不起的大事；这些讯息对我有利。然而，一旦发现伟大的贾德森并非那个被人指给她看的俊男，吃上一惊当然在所难免。接下来，我又换成西班牙语，要想达到某种特效的时候，西班牙语比英语更到位，我说西班牙语的本领就好比在演奏一只有一千根琴弦的竖琴一样变化多端。我的语调在降 G 调一直到 F 高半音之间跳跃。我的嗓音里有诗歌、艺术、浪漫、花卉和月光。我曾在夜色中，在她的窗边呢喃过的诗句也复述了出来；从她眼中突然闪烁出温情的光芒，于是我明白，她已经从我的声音里辨认出那个夜深人静时分的神秘追求者的声音了。

“总之，弗格斯·麦克马汉被我赶跑了。噢，声音里才有真正的艺术——那是毋庸置疑的。说话动听才真的动人[①]。这句谚语让我改成这样了。

“我陪着安娜贝拉小姐在柠檬树林里散步，而此时，弗格斯正在陪那个陶土色皮肤的姑娘跳华尔兹，他眉头紧皱、一副苦相，令他的美貌失色。在我们返回之前，我已经得她允诺，可以在第二天入夜后在天井里她的窗下多聊一会儿。

“噢，一切都轻而易举。不出两周，我就和安娜贝拉订了婚，弗格斯经出局了。他平心静气地接受了，因为他是个美男子，

① 原文是 Handsome is that handsome does 的改写，原意为心灵美才是真的美。文中的主角修改了这句话来夸饰自己的语言艺术。

还说并不打算放弃追求。

“‘会聊天可能还真有用，贾德森，’他对我说，‘只是当初我从没想过聊天技能也值得培养。但是，’他说，‘指望着就凭几句动听的话来打动女人，给你这张脸添彩，就好比指望一个男人在听到吃饭的钟声以后还能做出一顿不错的饭一样。’

“说到这里，我要讲给你听的故事还没开始呢。

“有一天，我顶着大太阳骑马骑了很长时间，赶紧在镇子边缘的一个咸水湖里洗了一个冷水澡，这才凉快下来。

“这天晚上，待到天黑下来，我去镇长家看望安娜贝拉。那时候，我天天晚间时分去他家拜访，再有一个月我们就要结婚了。她的模样有如夜莺一般可爱、羚羊一般可怜、香水月季一般可亲，她的双眸温存而明媚，宛若牛乳一样的银河上撇下来的两夸脱奶油。明明看到我的模样丑陋，她却丝毫没有表露出恐惧或反感的表情。事实上，我感觉看到的是高山仰止、深情厚谊，就是她在广场上遥望弗格斯时那样的眼神。

“我落座后，开口准备说些安娜贝拉爱听的语句——说她简直是一家托拉斯[①]，把全世界的美丽都垄断了。可是当我张开嘴巴说话的时候，根本无法发出往日那种充满爱慕和赞美的词

---

① 托拉斯是英文 trust 的音译，是垄断组织的高级形式之一，由许多生产同类商品的企业或产品有密切关系的企业合并而成，旨在垄断销售市场、争夺原料产地和投资范围，加强竞争力量，以获得高额的垄断利润。

句，反而是像小宝宝害了喉炎时发出的那种微弱的呼哧呼哧的声音。哪怕一个字……一个音节……一个能辨识的单音都发不出来。我是在冲澡不当的情况下受了风寒，喉咙喑哑了。

“我坐了两个钟头，拼命想哄安娜贝拉开心。她也说了几句话，可是态度分明有些敷衍、言语无味。我能发出的最类同话语的声音听起来就像一只蛤蜊在退潮时分高唱着名为《波涛之上的生活》那首歌。安娜贝拉的眼光仿佛也不像以往那样频频垂顾。我束手无策，无法再迷醉她的耳朵。我们俩看了几幅画，她还拨弄了几下吉他，弹得很不怎么样。当我离去的时候，她的分别礼也似乎有些冷淡——或者至少得说是有些散漫。

“如此这般五个晚上。

“到了第六天，她跟弗格斯·麦克马汉私奔了。

“据说他们是乘游艇逃到伯利兹[①]去了。不过八个钟头之后，我乘坐着税务署的一条小汽艇追了过去。

“在起航之前，我先冲进了一位名叫老曼努埃尔·伊奎托的印第安混血药剂师的药店。我说不了话，只好用手指点着自己的喉咙，又发出蒸汽泄漏的声音。他开始打哈欠。照这个国家的习俗，我只怕得等上一个钟头。我隔着柜台伸出手去，一把扼住他的喉咙，又一次指了指自己的喉咙。他又打了个哈欠，

① 中美洲的一个国家，东临洪都拉斯湾，是中美洲唯一以英语为官方语言的国家。

膀手把一只装着黑色液体的小瓶子塞进我的手里。

"'每隔两小时吃一小勺。'他说。

"我甩了一块钱给他，赶汽艇去了。

"我的汽艇直追安娜贝拉和弗格斯的游艇之后驶进伯利兹港口，只晚了十三秒钟。他们换乘了小渔船直奔岸边的时候，我的小舢板正从船舷边放下水。我好想吩咐水手们赶紧划船，只是声音还没有见空气就堵在喉管里。这时我记起老伊奎托给的药水，于是掏出那个瓶子，吞了一口。

"两条小船齐头并进靠了岸。我笔直地走向安娜贝拉和弗格斯。她的双眼只在我的身上留驻了一瞬间，而后就转过双眸，满含情感和信心地落在弗格斯身上。我很清楚自己说不出话来，可是我别无他法。我的希望全在话语上了。站在弗格斯身旁和他比外形之美，根本没门儿。我的喉咙和会厌纯粹是出于偶然，居然吐出了自己的心声，那是我的头脑指示我的发音器官必须说出的话。

"这番心声居然吐字清晰、音色洪亮、抑扬顿挫、掷地有声，充满了表现力和长久压抑的情感，真是令我又惊又喜。

"'安娜贝拉小姐，'我说，'可否和您单独一谈？'

"你不会想要听我说那些琐事的，是吧？谢谢了。旧日的流利口才又回来了。我把她引到一株椰子树下，又一次施展出言语的魔力来诱惑她。

“‘贾德森，’她说，‘你对我开口的时候，别的声音我一概听而不闻——别的人我一概视若无睹——外界和外人在我这里一概不存在了。’

“好了，故事差不多也就到这里了。安娜贝拉陪我上了小汽艇返回了奥拉塔玛小镇。至于弗格斯后来如何我再也没有听说过。后来也不曾见过他的踪迹。安娜贝拉现在成了贾德森·塔特太太。我说的故事您是不是听烦了？”

“没有，”我说，“心理研究我一直深感有趣。人心——特别是女人的心——真是值得深思的奇妙的东西。”

“对啊，”贾德森·塔特说，“人体的气管和支气管也是如此。喉咙也是。气管您研究过没有？”

“没研究过，”我说道，“不过我对您的故事很有兴致。能否问候塔特太太，问问她目前是否安好，下落在哪里？”

“噢，没问题，”贾德森·塔特说，“我俩住在泽西城的伯根路。奥拉塔玛小镇的气候不适宜塔特太太。我估计您没有解剖过会厌部的杓状软骨，是吧？”

“怎么说，是没有，”我说，“我又不是外科医生。”

“请原谅，”贾德森·塔特说，“不过人人都应当对解剖学和治疗学的知识有足够了解，才能保证自己的健康。突如其来的一场风寒或许会衍生成毛细支气管炎或者肺囊泡发炎，从而严重影响发音器官。”

“兴许如此，”我多少有些不耐烦地说道，“可是这话跟我说的事风马牛不相及。要说女人的爱情那些诡异的表达方式，我……”

“是啊，是啊，”贾德森·塔特插嘴说道，“她们的方式确实非同一般。不过，我想跟您说的是：当我返回奥拉塔玛小镇之后，从老曼努埃尔·伊奎托那里问来了他给我的那个治疗失音症的药水的成分。那个药水就是用楚楚拉草提炼的。喏，你瞧。”

贾德森·塔特从口袋里掏出一个椭圆形的白色纸盒。

“主治各种咳嗽、”他说，“感冒、嘶哑、气管炎，我拿的这个药水是世上最管用的药水。您瞧，盒子上还印着成分。每片内含甘草 2 粒，妥鲁香胶 1/10 粒，茴芹油 1/20 量滴，焦油 1/60 量滴，荜澄茄油树脂 1/60 量滴，楚楚拉浸膏 1/10 量滴。”

“我这次来纽约，”贾德森·塔特继续说道，“是想组建一家公司，销售这种专治咽喉感染的史上最伟大的药物。当前只是小规模推上市场。这一盒内装四十八片，如今只卖区区五十美分。如果您正疼着……”

我站起身，一言不发地走了。我缓缓地来到下处附近的小公园，留下贾德森·塔特跟他的良心做伴。我感觉自己方才饱受摧残。这个人款款倾诉了一段也许我能用得上的故事。故事里有少许生活的气息，还有些许人为的气息贯穿其中，要是巧为利用，完全可以投入书籍市场。可是说到最后，这个故事却变成了一颗商业药丸，只是巧妙地裹了一层文学糖衣。最糟糕的是,这个故事卖不出去了。广告部门和会计室的人都得鄙薄我。而且它永远编不成文学作品。于是，我随其他一些失望的人一起坐在长椅上，后来眼皮也低垂了下来。

我回到了自己的房间，照惯例看自己最喜欢的杂志上的故事看了一个钟头。这是为了把思绪牵引回到艺术上去。

每看一篇故事，我都伤感无望地把杂志一本接一本地甩到地上。这些作家无一例外都给我的心灵敷上一层镇痛剂，他们用抑扬顿挫、轻松活泼的笔触描写某个品牌的汽车的故事，就好像这种汽车全然掌控了他们写作才华的火花塞。

最后一本杂志也被我丢出去之后，我才缓过神来。

“要是读者群能承受得了这么多私家车，”我自言自语道，“塔特的神奇楚楚拉气管炎复方含片估计不至于让他们胃疼。”

因此如果你看到这篇故事已经付梓了，就会明白生意终究是生意，要是艺术把生意甩开好远，生意肯定要奋起直追。

为了把活儿干得漂亮，我还是得补充一句：楚楚拉草在药店里是买不到的。

双料骗子

这事是从拉雷多城[①]开始乱起来的。都是利亚诺·基德[②]惹的祸，他动不动就要人性命，原本就该只冲墨西哥人下手。可是这位基德的年岁已然二十开外；双十之年居然只有杀过墨西哥人的恶名，这在格兰德河边境上简直让人老脸一红。

这件祸事出在老胡斯托·瓦尔多斯开的赌场里。有一桌打扑克牌的谁跟谁都算不上有交情，这也是常情，男人们长途跋涉地骑着马来一趟就想趁别人老虎打盹儿的时候赢一把。打着打着为了一对皇后这么点儿的屁事居然闹得不可开交；硝烟散尽后大伙儿才发现基德出手太莽撞了，而敌对方同样罪在不赦。参与了械斗、不幸遇难的那个家伙不是个小流氓，他出身于一

① Larado：拉雷多城，美国德克萨斯州南部城市、河港。在美国、墨西哥边境格兰德河北岸，对岸为墨西哥的新拉雷多城。

② Kid：这个主人公姓基德，在英语中直译为孩子，作者有讽刺所指。

家牧牛场，家世高贵，跟基德的岁数差不多，有朋友、有护卫跟着。他拔枪射击时，子弹没有打中基德的右耳，失误仅仅十六分之一英寸；他失手了，可是对面那位神枪手却不会因此减少两分莽撞。

基德身边没有配备扈从，也没有浩浩荡荡的一堆人仰慕他、支援他——原因在于他那阴狠毒辣的恶名声，就算是在边境一带也是臭遍街了——因此他自忖“风紧扯呼”才是当前最慎重的上策，这和他本人性格中不可或缺的勇敢并不矛盾。

复仇者快速集结起来，找他寻仇。有三个人追上了他，此地距离火车站只有一箭之遥。基德转过身来，龇牙一笑，当他要做点侮慢和暴力的勾当时每每会露出这样阴狠的狞笑。三名追踪者赶紧退后，他简直犯不上伸手掏枪。

可是这一回，基德原本没有往日里那种恶狠狠的念头，并没有不由自主地非要寻衅生事。这一场口角原本事出偶然，因为牌面的问题，以及两个人之间一来一往说了些绅士们难以忍受的粗话。其实基德挺喜欢那个身形消瘦、态度傲慢、褐色脸膛的年轻人，可是为男人的傲性所驱，他用子弹了结了这个年轻人的性命。现如今他不打算再染血了。他打算退避三舍，再找块长着牧豆的草地，拿一条手绢遮住面庞，晒着太阳美美地睡一大觉。每当他生出这样的心境，哪怕一个墨西哥人和他当街遭遇，他也会秋毫无犯。

基德不遮不掩，登上了五分钟之后即将出发的北上列车。可是开出还不到几千米，刚抵达韦布，列车就看到旗语要接一位旅客上车，于是搭火车逃离的策略只好弃置不用。路前方有几家电报局；基德看到电气和蒸汽向来是斜着眼不屑一顾。马鞍加上马刺才能确保他安然无恙。

基德一枪打死的那个人以前和他不认识，但是知道这人是伊达尔戈牧场的科拉里托斯牛队的，他还知道那家牧场里但凡有一个人受了委屈、负了伤，牛仔们就得没完没了地寻仇，比肯塔基州那些寻仇的人还要难缠。因此，拥有无数非凡的农场主的经典大智慧的基德当机立断，在自己和这帮科拉里托斯牛仔之间，一定得尽可能多隔上几里格[①]的丛林，躲开对方的报复。

离车站不远有一家铺子；铺子周围的牧豆树和榆树之间星星点点地散落着几匹顾客带来的马，没有卸下鞍鞯。马匹多数都睡得半梦半醒，四肢松垮垮地垂着，脑袋也耷拉下来，在等候自己的主人。唯有一匹四肢修长、脖子弯曲的杂毛马喷着响鼻，蹬踹着草皮。基德翻身上马，双膝夹紧，扬起马主人的鞭子轻轻抽了一下。

一枪撂倒了那位玩牌的草莽已然给基德那可靠的好公民形象笼上了一层乌云，那么如今偷马的行径真要让他声名狼藉了。在格兰德河边境这块地界，要了什么人的性命有时候也不算什

① League：本文中是长度单位，约等于5千米。

么大事，但如果把人家的马抢走了，当真就是损人不利己，逼得人家破财，自己也没落下什么好处——要是说让人家逮住了的话。不过基德如今也无暇他顾了。

有了这样一匹欢蹦乱跳的黑白杂色马代步，他心里几乎感觉不到慌乱和不安的情绪了。风驰电掣一般地奔出八千米之后，他缓下速度，朝着东北方向，像住在平原地带的人那样慢跑起来，直奔纽西斯河的尽处。他熟悉乡间这一带——遍布灌木丛和梨树的荒野里最颠簸、最隐蔽的小径都在他的脑子里，哪里有营地和孤零零的牧场，能让他安安稳稳地享受一下，也都在他的心中。他一头直奔东方而去；在众多的大海大洋之中，墨西哥湾只能算马群里的一匹欢实爱玩的儿马，他今生还不曾看过海洋的模样，所以幻想过要亲手抚弄一下它的鬃毛。

于是三天之后，他已然置身于科珀斯克里斯蒂[①]的海岸边，举目掠过宁静海面上的粼粼波光。

双桅纵帆船“海市蜃楼号”的布恩船长立在他的小艇边，有一个船上的海员正在波涛之上守护着这艘小艇。万事俱备要出海的时候，他才发现一件生活必需品——菱形的口嚼烟草

① Corpus Christi：科珀斯克里斯蒂，美国德克萨斯州南部的一个海港城市，面向墨西哥湾，因位于努埃塞斯河口科珀斯克里斯蒂湾南岸而得名。

片[1]——被忘在了脑后。一个海员被派去采买这件没了踪影的货物。等采买的这段时间里，船长在沙滩上走来走去，骂骂咧咧地嚼着口袋里的存货。

一个身材瘦削而结实、足蹬高跟皮靴的年轻人来到海边。他明明面相孩气，却又带着一个经历丰富的男人才有的早熟的沉肃。他的皮肤原本是天然的黝黑，更兼风吹日晒之下，生生把肤色烤成了浓重的咖啡色。他长着一头乌黑的直发，和印第安人的头发一样；他刚刚刮过脸，经过剃刀的这番折辱，脸上还带着新伤；一双蓝瓦瓦的眼睛透出冷静而执着的神色。他的左臂被支了起来，没有贴着身体，因为坎肩的左腋窝里塞着一把手枪，而城镇里的警察局长一见这种手柄上嵌珍珠的四五口径手枪就眉头紧锁，而且手枪插在那里也显得稍微有点臃肿。他的视线越过布恩船长眺望着船长身后的海湾，态度冷漠、面无表情，那种尊贵劲儿真像是中国皇帝。

“寻思着要把海湾里的那个买下来吗，伙计？”船长挖苦地问道，这次出海居然差点没有烟草可以嚼，当真是逃过一劫。

“怎么说，没有，”基德温和地说，“估计不会。我只是从

① Plug tobacco：在维基上的介绍是，一种口嚼烟草，将烟叶压制成正方形的、砖状的烟草。从塞子中取出来或者切断后咀嚼。原本既可以用烟斗，也可以直接咀嚼。根据 wisegeek 网站的解释是烟草经过加工，加糖后压制成薄片。也许是由于对“无烟烟草”相对安全的误解，许多年轻人使用鼻烟或口嚼烟草作为传统香烟的替代品。口嚼的烟叶的烟草味道丝毫不逊于香烟，尼古丁含量也很高。

来没见过。不过是看一看。你不会是寻思着要卖了它吧，是不是？”

“这趟就算了，”船长说，“等我回到布埃纳斯蒂埃拉斯[①]之后，我给你送过去，货到付款。那个傻蛋好歹是把烟草弄回来了，要不是他腿脚太慢，我一钟头以前就可以起锚了。”

“那条轮船是你的吗？”基德问道。

“啊，没错，”船长回答说，“要是你非把双桅立帆船叫轮船的话，就是撒个谎我也无所谓。不过你最好还是说米勒和冈萨雷斯的船，本人其实是个平凡无奇、该死的老家伙塞缪尔·凯·布恩，觍居船长之位。”

“你们要到什么地方去？”这位逃亡者问道。

“布埃纳斯蒂埃拉斯，南美洲海岸线上的一个地方——可惜上次去的时候人家起的国名怎么说来着我实在想不起来了。船上运的货是木料、波纹铁板，还有弯刀。”

“那个国家气候怎么样？”基德问道，“是冷还是热？”

“不冷不热的，伙计，”船长说，“不过那景致、那水土，真是美不胜收，跟《失乐园》[②]里写的一样。每天清晨都是长着

---

① Buenas Tierras 是西班牙语，buenas 大意是好，tierras 大意是土地，所以基本上是好地方的意思。

② 《失乐园》是英国政治家、学者约翰·弥尔顿创作的史诗，取材于《圣经·旧约·创世纪》，共 12 卷，讲述诗中叛逆之神撒旦，因为反抗上帝的权威被打入地狱，却毫不屈服，为复仇寻至伊甸园。亚当与夏娃受被撒旦附身的蛇的引诱，偷吃了上帝明令禁吃的知识树上的果子。最终，撒旦及其同伙遭谴全变成了蛇，亚当与夏娃被逐出了伊甸园。

七根紫色尾羽的红色小鸟儿唱着甜美的歌，伴着花间穿梭的微风吐出的叹息把你唤醒。那里的住户根本不工作，因为一伸手，上等精选的温室水果就能装满一个又一个篮子，连下床都用不着。在那里没有星期日，没有冰雪，没有房租，没有烦心事，没有利用，连没有也没有。对于只想蒙头大睡，静等万事送上门的人来说，那个国家真是了不得。你吃的香蕉、柑橘、龙卷风[①]还有菠萝都来自那个国家。”

“听上去挺投我的脾气呀！”听到最后基德的话泄露出心底的兴趣，“要是随你去那里，我得花多少钱？”

“二十四美金，”布恩船长说，“包吃、包住、包路费。二等舱。不过船上也没有头等舱。”

“我跟你走。”基德一边说，一边掏出了一个鹿皮袋子。

他定期去拉雷多“大赢一注”，那次去的时候带了三百美金。可是在瓦尔多斯赌场里一场混战，他的狂欢季半路夭折了，不过还是给他剩了将近两百元美金，这场混战逼得他要逃亡的时候，这笔钱正好能支持他远走高飞。

“行啊，伙计，”船长说，“但愿你老娘不会因为你这次孩子气的逃家而埋怨我。”他把一个海员叫了过来，“让桑切斯把你提起来送到小艇上去，免得你的靴子沾水。”

★ ★ ★ ★ ★

① 这是一个不学无术的骗子，所以他把龙卷风杂在一堆水果里介绍给基德。

美利坚合众国驻布埃纳斯蒂埃拉斯的领事撒克还没有醉得醺醺然。刚刚十一点而已；下午的几个小时不喝到时间过半，他绝不会达到自己求之不得的那种幸福到巅峰的境界——到了那种境界，他就会唱起歌舞剧里哀伤的老歌，剥下香蕉皮朝自己养的那只叫声尖厉的鹦鹉扔过去。因此，当耳边响起一声轻咳时,他从吊床里仰头看过去,却见基德已经站在了领事馆门内,因为还没有醉倒，他的状态还好，能够以一个大国代表的身份向对方表达应有的好客精神,维持彬彬有礼的态度。“您随意，”基德轻松地说，“我碰巧路过，进来瞅瞅。有人说，照惯例得先到你的营地露一小脸，之后才能进镇走一圈儿。我刚乘了船从德克萨斯来。”

“见到你很高兴，先生怎么称呼——”领事说。

基德大笑起来。

“斯普拉格·多尔顿，”他说，“听了这个名字连我自己都觉得滑稽。在格兰德河乡下，我叫作利亚诺·基德。”

“我姓撒克，”领事说，“有把藤椅，坐吧。要是打算过来投资的话，你就得找人听听人家的意见。这些脏鬼，要是你不清楚他们的路数，能骗得你连金牙上镶的那点金子都抠出来给他们。来一支雪茄尝尝吧？”

“万分感激，”基德说，“我还是抽自己的吧，要是没有屁股口袋里那点玉米壳还有那个小袋子,我一分钟也撑不过去。”

他掏出自己的“材料”，卷了一支烟。

“人们说的是西班牙语，”领事说，“你肯定用得着翻译。要是有什么能帮忙的地方，啊，我很乐于帮忙。如果你正想着买几座果园或者想找机会签个某种类型的特许权，那就得找一个了解个中窍门的人替你找门路。”

“我会说西班牙语，”基德说，“比我的英语水平强上好几倍呢。我之前待的那个牧场里个个都会说西班牙语。另外我没想买什么。”

“你会说西班牙语啊？”撒克沉思着说道。他专心致志地思量着这个小伙子。

“你的外形跟西班牙人也形似，”他接着说，“又是从德克萨斯来的。你顶多二十岁，要不就是二十一岁。就不知道是不是有气魄了。”

“打算搞点什么事不成？”这个德克萨斯小伙儿问道，他居然出乎意料地机敏。

“你有心入局吗？”撒克问。

“拒绝有好处吗？”基德说，“在拉雷多我在一场小规模的枪战里插了一手，了结了一个白人的小命。因为当时手边没有墨西哥人。我跑到你们这么一个满是八哥加猴子的牧场来，就打算品品牵牛花和万寿菊的香味。现在你明白了吗？”

撒克起身关上了门。

"把手给我看看。"他说。

他拎起基德的左手，细细研究了一下他的手背。

"能成，"他兴致勃勃地说，"你的皮肉硬实得像木头，健康得好比小孩的皮肉。受伤的话用不了一个礼拜就能复原。"

"你要是打算在我身上下赌注叫我去比拳，"基德说，"那可千万别把钱赌上。还是赌枪战吧，奉陪到底。不过千万别要我手无寸铁的鸡吵鹅斗，就好比参加茶话会的女士们那样。"

"没有那么复杂，"撒克说，"到这边来，好不好？"

一座乔木森森的平缓小山坡从海边蜿蜒而至，热带植物的浓绿丛中就见一幢涂抹着洋白灰、带有宽敞走廊的两层楼拔地而起。他指点着窗外那座小楼。

"那幢房屋里，"撒克说，"住着一对好心的卡斯蒂利亚[①]老夫妇，他们哭着喊着想把你搂在怀里，还想给你的口袋里装满金钱。住在那里的是老桑托斯·乌里盖。这个国家有半数的金矿在他掌中。"

"你该不是吃错药了吧，是不是？"基德问道。

"回来坐，"撒克说，"我跟你说说怎么回事。十二年前，他们的小孩儿没有了。可是，他没死——虽说本地喝了地表水的人大多数都死了。那年他只有八岁，却简直是个野孩子、淘

---

① Castilian：卡斯蒂利亚是西班牙的主要民族，其文化是西班牙文化的重要组成部分。

气鬼。这事人人都知道。有几个从此经过、打算去淘金的美国人跟乌里盖先生签了几份合约，那孩子成了他们最爱的宝贝儿。他们吹嘘美国发生过怎样了不得的故事，把好多大话都塞满了他的小脑袋；于是他们走了一个月之后，孩子也不见踪影了。大家猜想着，他恐怕是跳上了一条运水果的汽艇，躲在香蕉堆里，跑到新奥尔良去了。好像有人在德克萨斯见过他，但是再后来就音讯皆无了。老乌里盖为了找孩子已经花了成千上万的钱。老夫人简直伤心地要死。孩子就是她的命根子。到现在她还穿着丧服。但大家说她一直坚信孩子终归有回来的一天，所以从不放弃希望。孩子的左手背上有文身，刺的是一只飞鹰爪子里还擎着一支长矛。那是老乌里盖在西班牙的家族里父子传承的徽章之类的纹样。”

基德缓缓地扬起自己的左手，兴致满满地盯着手看。

“就是这么个事儿，”撒克说着，一伸手从办公桌后面掏出自己那瓶走私来的白兰地。“你反应还真不慢。文身我能绣。在仙那港[1]当了一任领事究竟对我有什么用？这事到如今才真相大白。不出一个礼拜我就能把那只攥着蛤蟆腿儿的小鹰崽子文在你手上，让它瞧着就好比你生下来就戴着这个文身一样。我这里早就备着一整套的文身针和墨水，正因为我料到迟早有一天你会来的，多尔顿先生。”

---

① Sandakan：仙那港，又译作山打根，马来西亚沙巴东北部港口城市。

“啊，见你的鬼，”基德说，“我叫什么名字不是早就跟你说了嘛！”

“也成，那就叫你‘基德’。这个名字也叫不了几天了。改改称呼，叫你乌里盖少爷如何？”

“打我能记事儿开始，从来没有给人家当过儿子，”基德说，“要是说我真的有双亲可以提一提，恐怕在我呱呱落地的那一刻，他们俩就齐齐过了奈何桥。你大体怎么计划的？”

撒克往后一仰身抵住了墙，举起酒杯对着亮光。

“话说到这份儿上，”他说，“就该聊聊这件小事上你究竟打算掺和到哪一步了。”

“我干吗跑到这里来的前因后果我已经都说了。”基德言简意赅地说。

“有这句话就妥了，”领事说，“不过其实不必走到那一步。我计划这样做：等我把那个商标文在你手上之后，就通知老乌里盖。这段时间里，但凡我能找到的、有关他家的掌故我都装到你脑子里，这样一来，你在言谈之间就能说到点子上。你的模样长得对路，西班牙语也说得溜，还知道这些旧事，有关德克萨斯州的情况也能谈，再加上文身。那时候我再告诉他们，货真价实的儿子已经回家来了，正等着看他们肯不肯接纳和宽恕他呢，接下来会怎么样？他们肯定得一路冲进这里，扑在你的肩头，然后大幕就要拉上了，该去大厅里提提神、散散心了。”

“等着你安排吧，”基德说，“我到了你的营地刚刚卸下马鞍还没有多久，我的合伙人，当初咱们也从未谋面；不过要是你只打算给我找一对儿父母，哇噢，就算我看错了人。那就算了。”

“多谢，”领事说，“说话说得像你这么敞亮的人我好久没有遇到过了。计划其余的部分就不难了。但凡他们把你带回家，哪怕时间不长也足够了。千万别让他们有机会查看你左肩膀上有没有一块红色的胎记。老乌里盖家有个不大的保险箱，任何时候都锁着五万到十万块钱不等的美金，哪怕拿一根钉鞋扣的锥子都可以捅开。明白了吧。我的文身技术在整个计划里占一半功劳。得了钱咱俩平分，然后就找一条不定期的货轮跟船到里约热内卢去。要是缺了我一个，美国政府就过不下去日子的话，就随它碎成渣渣儿吧。Que dice, senor[①]？”

“听来不错！”基德点着头说，“现在我门清了。”

“那么妥了，”撒克说，“在那个鸟形文身弄好之前，你不能露面。你可以住在后面那间房子里。我自己给自己做饭，但凡我们那个小气鬼政府能承担得起，我就尽量让你过得舒服点儿。”

撒克原本设想的是一个礼拜完成文身，可是直到两个礼拜

① Que dice, senor? 撒克在炫耀学问，该句是西班牙语，意思是“你觉得怎么样，先生？”。

以后，他不厌其烦地给基德的手上文的花样效果才让他觉得满意。之后撒克才叫来一个 muchacho[①]，把这张字条送去交给他要谋算的可怜人：

致堂·桑托斯·乌里盖先生

亲爱的先生：

鄙人有下情相告，日前一名来自美国的青年男子抵达布埃纳斯蒂埃拉斯，暂时寓居舍下。故知此事或可令您失望，然颇有几分可能，此人就是失散多年的令郎。但请亲到舍下一晤。若然，以鄙人愚见，此子颇愿重返故里，唯其虑及日后家人态度，不敢唐突行事。

汤普森·撒克谨上

信才送出去半小时——在布埃纳斯蒂埃拉斯半个小时真不算慢了——乌里盖先生就驱车来到了领事寓所的大门口。马夫光脚没穿鞋，挥舞着马鞭一边打马，一边吆喝着那几匹肥胖笨拙的马，拉着那架古老的活顶四轮马车往前跑。

一个留着白胡须的高挑男人下了车，又去搀扶一位夫人下车，她全身的裙袍和面纱都是一成不变的黑色。

两人慌慌张张地进了门，于是撒克上去以他最完美的外交

① Muchacho：西班牙语，男孩儿。

官的仪态躬身为礼。一个身材颀长的青年男子就立在他的桌旁，此人轮廓鲜明，肤色是饱受日照后的咖啡色，一头乌黑的头发梳得纤毫不乱。

乌里盖夫人一挥手把黑面纱扯了下来。但见她已过中年，鬓发染霜，唯有丰腴得自豪的身段与橄榄色的皮肤还保存着巴斯克[①]女性别具一格的魅力。可是，一旦触及她的双眸，解读出那双眼眸中浓浓的阴暗与无助所透露出的伤悲，你绝对明白了，这位女性完全活在自己的某段记忆里。

她久久地凝视着那个青年男子，神情中透出万分痛苦、重重疑问。而后她一双乌黑的大眼睛转动起来，直勾勾地落在他的左手上。再然后，她呜咽出声，只是轻微的一响却似乎撼动了整座屋子。她大叫一声："我的儿子！"，随即把利亚诺·基德紧紧扣在胸前。

一个月过去了，基德在收到撒克寄的信之后，应邀来到领事馆。

他看上去简直就是一位年轻的西班牙绅士。看穿装都是舶来品，看打扮珠宝商也没有白白浪费唇舌。他卷纸烟的时候，

① Basque：巴斯克人，西南欧民族，主要分布在西班牙比利牛斯山脉西段和比斯开湾南岸，其余分布在法国及拉丁美洲各国。巴斯克人系古代伊比利亚部落巴斯孔人的直系后裔。

一枚钻石就在手指上熠熠闪光，那颗珠宝的个头可不仅是体面二字可以形容。

“过得怎么样？”撒克问道。

“乏善足陈，”基德平和地说，“今天我头一回吃了鬣蜥排骨。知道吗，那是一种大个儿的蜥蜴。不过，要我看来点培根片配上菜豆吃起来也挺好。你觉得鬣蜥好吃吗，撒克？”

“不好吃，别的爬虫我也不爱吃。”撒克说。

此时是午后三点钟，再喝上一个钟头，他就要进入醺醺然的状态了。

“说好了的事该兑现了，小子，”他接着说，醉得红通通的脸上挂上了一副丑恶的表情，“你可是不够意思。这四个礼拜你是人家失而复得的宝贝儿子，只要你乐意，每顿饭玉盘金樽、山珍海味也没问题。那么，基德先生，你觉得单把我丢在一边吃着猪狗食合适不合适呢？究竟哪里有难处啊？睁开你那双孝顺儿子的眼睛，难道在你的卡萨布兰卡[①]里面就连一点长得像是现金的东西都没发现吗？千万别说你没有瞧见。老乌里盖藏宝贝的地方人人都知道。而且，那都是美国硬通货；其余国家的钱他根本就不要。找着了没有？这一回千万别跟我说‘没有’。”

---

① Casa Blanca：卡萨布兰卡，摩洛哥最大的城市，也是北非最大最重要的港口。在西班牙语里，卡萨布兰卡本意为“白屋”，城市建筑多为白色。本文中指乌尔盖的奢华的家。

“哎呀，找着了，”基德一边欣赏手上的钻石，一边说道，“藏在那儿的钱好多呢。那堆作抵押担保的文件值多少我可没法判断，不过，我养父有个马口铁盒子，他称之为保险箱，有一回我当真看见那盒子里露出五万块钱，这话我敢担保。就为了告诉我，他知道我就是那个多年以前迷途的小弗朗西斯科本人，他时不时地会把保险箱的钥匙交由我来拿着。”

“喂，那你干吗迟迟不动？”撒克恼火地问，“别忘了，只要我乐意，想什么时候掀你的老底就什么时候掀你的老底。要是让老乌里盖知道你原来是冒名顶替的，会有什么后果？哎哟，德克萨斯小子，这个国家什么样你还不清楚。本地的法律那叫一个血腥。当地人能把你四仰八叉地抻平了，好比一只被踩扁的青蛙，拽到广场的四角上打棍子，在每个角上都有五十根棍子等着你。每根棍子打折了为止。打完以后剩下来的皮肉喂鳄鱼。”

“现在我也得跟你好好说道说道，朋友，”基德一出溜仰倒在帆布躺椅里说，“现状是什么样儿就还什么样儿吧。目前一切都挺好。”

“你这是什么意思？”撒克问道，用酒杯敲桌子，敲得砰砰响。

“原计划到此为止，”基德说，“而且但凡你有幸和我交谈的时候，千万要称我为堂·弗朗西斯科·乌里盖。我保证应声。乌里盖上校的钱就留给他自己吧。对于咱们俩来说，他那只马口铁的小保险箱丝毫不弱于拉雷多的第一国民银行的计时保险柜。”

“那么说你是想把我丢下了，是不是？”领事说。

“确实，”基德欢快地说，“丢下你。说得对。现在我得告诉你怎么回事。我去了上校家的头一天晚上，他们把我带到一间卧室里。那可并非在地面上搭几张毯子就算是卧室了，而是真的给了我一个房间，房间里安置了床铺和一应的家什。我睡觉之前，那位并非亲生的娘进来替我掖好被子。还说‘小豆豆[①]，我的小家伙儿丢了，可是上帝又把你送了回来。我这辈子都得对上帝的圣名感恩戴德’。她说完这句话，又说了些类似的一车话。有两三点雨水滴落在我的鼻子上。这样的情形一直在上演，撒克先生。到现在也没变过，到以后恐怕还是不会变。你可别以为我这样说都是为了给自己谋福利。要是你真有这个念头也随你的便。这辈子我还不曾和女性有过多少交集，我没有妈妈可以说道，可是现在有位女士，我得哄骗她一直哄骗下去。失子之痛她忍得了一次，忍不了两次。我就是一条卑鄙的豺狼，把我送进死胡同的恐怕不是上帝，而是魔鬼，不过我打算一条道走到黑。从今往后，但凡提起我的名字的时候，别忘了我是

① Panchito：西班牙语中意思是炸花生米，文中是一位母亲对久别的儿子的亲昵称呼。

堂·弗朗西斯科·乌里盖。”

“今天我就掀你的老底，你——你这个有奶就是娘的叛徒。”撒克结结巴巴地说。

基德站起身来，伸出一只有如钢爪一般的大手钳住撒克的脖子，动作并不暴虐，缓缓地推搡着他来到一个角落。而后从左胳膊底下抽出他那支手柄上嵌珍珠的四五口径手枪，用冰冷的枪口戳着领事的嘴巴。

“我干吗跑到这儿来，以前已经跟你说过了，”他噙着往日里那足以冻死人的狞笑，“要是将来离开这儿，一定是因为你。别忘了，朋友。现在说说看，我叫什么名字呀？”

“呃——堂·弗朗西斯科·乌里盖。”撒克喘着粗气说。

外面传来滚滚的车轮声，有人在大呼小叫，还有马鞭的木柄敲打着肥硕的马背啪啪作响。

基德收起手枪，迈步向门口走去。不过他又转身走回到瑟缩发抖的撒克面前，他向领事扬起了左手，把手背冲着领事。

“一切都必须保持现状，”他缓慢地说，“还另有一个缘故。我在拉雷多宰了的那个家伙，左手背上也有一模一样的文身。”

外面，堂·桑托斯·乌里盖家那辆古老的活顶四轮马车吱嘎吱嘎地驶到门口。马车夫终于不再大呼小叫。乌里盖太太身着一套装饰了白色蕾丝花边和飘扬的缎带的宽松长袍探出车外，温和的双眸里满是快活的神采。

“你在屋里吗，亲爱的儿子？”她用西班牙语喊道，声音犹如秋波荡漾。

“妈妈，我来啦。”年轻的堂·弗朗西斯科·乌里盖回答说。

城市悖论

关于悖论Paradox，译者的理解是“矛盾共存”，两个彼此矛盾的语素或意象杂糅在一起，读者在常规的阅读中或生活实践中找不到同样的表达，就会感到新奇，而且因为读者未必认同这种组合，语言本身会产生不确定性，文学上认为这是诗性的起点。John Donne在情诗中用圆规来比喻爱情就是一种新鲜的喻体，所以无可置疑地引起争议和兴趣。

“城市悖论”这个主题下“城市”本身构成矛盾共存的一个元素，基于读者的常规认识，城市的意象通常缺乏生机，冷漠的人际和繁忙的社会生活构成城市生活的主旋律。那么自然而然地对立元素应当是“爱”和“人情”。基于译者本人的认知，这一主题下选取了《警察与赞美诗》《繁忙的证券经纪人的浪漫史》《财神和爱神》《装备齐全的出租房》《钻进钱眼里的情人》《回合之间》等几篇。它们无一例外都是发生于大城市的故事，无论结局如何，读者可以看出主人公内心的真善美，只是说在特定的环境里，这份真善美未必能安全地保持下去。

《警察与赞美诗》讲述的是一个苦心孤诣要犯个轻罪，在隆冬时节就能到监狱里度过最艰难的时光的流浪汉。麦迪逊广场是为了纪念美国宪法之父詹姆斯·麦迪逊而建的花园广场，位于全美最大的火车站上方，有一百多年的历史，也是纽约的门面。一个流离失所、无所凭恃的流浪汉在詹姆斯·麦迪逊的纪念广场上谋划违法，也是一种矛盾共存吧。按照故事的设定，苏比是个惯犯，“多年来，气候宜人的布莱克威尔岛一直是他的避寒山庄。”这一设定被后面因为一曲宗教吟唱获得心灵的救赎做了反衬。教堂不可能是新建的，只是他的内心从来没有安定下来聆听，于是在他躁动不安的心绪下，对这样的赞美诗充耳不闻。记得研究生时代的哲学课上，老师说这就是“非对象性”，置身市集之中仍然可以静心阅读的人是不凡的，因为他的心独立于周围环境。苏比在以前的谋划中一直是成功的，因为他的内心全部用于构思“度寒假”的事，他几乎是五感关闭的状态，与这件事无关的环境都被屏蔽了。今年的不同在于他一再失败的情况下，内心打开了，于是“悦耳的音调从窗口飘出来，落入苏比的耳朵里，一下子攫住了他，紧紧地扣在铁栏杆上，贴紧在螺旋花纹上”。从声音的感知，他的视觉也因此打开，接纳了隆冬即临时的美好，“素月当空，明媚宁和；车辆行人寥寥无几；屋檐间栖息的麻雀困倦地嘟囔了几声——此情此景一时之间化作了乡村教堂的墓地。”他的心也因此触动，“易感的心灵与古老教堂的感染力弥合交融，蓦然间他的灵魂深处发生了奇妙的嬗变。而反观自己当前的处境，日日堕落、念念肮脏，想望尽灭、才华全毁，心头都是卑劣的念头，自己居然深陷其中，他的心中突如其来地生出一股厌憎。”偏偏在这样的救赎中，他再次被逮捕了，读者可以从积极的一面思考，苏比至少解决了温饱，这是唯一令人安慰的地方，但是一切回到了原点，下一次重新振作精神又要到三个月之后了。城市和海岛、死寂的五感和内心触动后的救赎、警察见到苏比时的几次矛盾反应，都构成了本文的矛盾元素，这些也是本文触动心灵的诗性基础。

《繁忙的证券经纪人的浪漫史》是一篇轻喜剧，一位曼哈顿的证券经纪人终于百忙之余向姑娘求婚，却原来早就是亲密眷属。曼哈顿是公认的世界金融中心，当年在学习 finance 这个字的时候，老师说所谓金融就是 money affair，由此又引申到 cold money 这个概念，可以想见，故事的社会背景设定在城市、金融、人形机器这一场景中；而爱情、婚姻是粉红泡泡、温情款款、如胶似漆的场景。因此这篇故事的矛盾夸张就给读者带来了深度的开心，要怎样的敬业和忘我才能忘记“昨天晚上八点，我们已经在拐角那里的小教堂结过婚了”。

同样把金钱和爱情设定为矛盾共存的故事还有《财神和爱神》和《钻进钱眼里的情人》。前者是个喜剧，钱买不来爱情和圈子，但是能创造交通堵塞，让无望的少年倾诉爱意。其实潜伏在这对矛盾之下的还有美国典型的旧贵族和新贵族之间的对立。兰特丽小姐属于一个排外的圈子，也就是旧贵族的代表人物，他们动辄回到欧洲度假，听音乐会的时候要包厢，有钱并不能打入这个圈子，他们习惯于斜睨着他人、俯瞰众生；而安东尼·洛克沃尔是金钱万能观念的信徒，也是新贵族的典型代表。故事的趣味在于，由于金钱的妙用和精心的筹备，儿子理查德得以一诉情肠。在一个唯金钱论的大社会环境和小家庭环境里，儿子的纯情真是奇葩，而爱子心切的父亲那不择手段的手笔也让读者心生理解。

《钻进钱眼里的情人》设定为商场环境 Biggest Store，文字表面的意思是最大的商场，译者直觉地认为它影射了整个城市的意象，这里是等价交换为基础的环境，温婉的微笑、柔声的对话都是交易的构成部分。只是卖手套而已，却选取了最美好的售货员，“当你伸出手让她用卷尺给你量尺寸的时候，心头一动，这不就是女神赫柏；再看时，却又想，这姑娘怎么还长了一双密涅瓦的眼睛。”译者认为设定了卖手套的柜台，作者也是有意为之，因为在文学意象中手代表着权利，字典里就有“人手，帮助”的意思，也就是说，代表着能力和权柄。美丽的售货员在卖手套的时候给权利套上了一层包裹，你能看到的都不是真实的情况。所以当欧文·卡特这样一位真正的金龟婿来到面前时，她眼中看到的不是真实。或许读者可以解释为日常就有很多年轻人借口试戴手套和姑娘套亲热，她的戒心是天然的反应。那么译者又要介绍手的另一个象征，“Will you give me your hand?”其实是在求婚，所以卖手套原本可以暗示买卖婚姻，金钱为基础的爱情，那么这段爱情最终破产也就在预料之中了。

《装备齐全的出租房》是个悲剧故事，读过小旅馆的场景描写后会产生鬼片的联想，“红色的危房”，“铃声宛在庭园深处，遥远而空旷，细若游丝”，“毯子破烂得即便是织毯机也要赌咒发誓非扔了它不可”，文中还有很多对房间内布置的细节描写，无不透露出腐败、死寂、无情、破灭的意象。主人公是来寻找爱侣的，以故事的结局看来，姑娘早就绝望而逝，于是小伙子“希望有如潮水一般退去，他的信念也随之消沉”，两个人采用了同样的安静的永诀。悲剧就是悲剧，当坚持许久的信念找到悲剧答案的时候就必然是悲剧的结局。他们自杀的方式恐怕也是特地设定的，因为这种方式不仅安静，还最大程度上保有死者的尊严与美丽。在充满死寂的城市中，寻梦的小人物如果不能及早离开就必然永远地离开，他们的死亡对于一座庞大的城市而言有如点滴的水花，而后再无声息。

《回合之间》故事里最精彩的部分是两口子打架，篇幅之大不容译者随时引用，有趣之处在于他们选用的对打工具——餐具和食物，时时透露出过不下去了的感觉。“麦卡斯基太太说着说着，抡起满满一锅萝卜炖熏肉朝自己的丈夫扔了出去。”“他抄起这盘肉还击了回去，于是又招来一碟子面包布丁作为回敬。做丈夫的一大块瑞士奶酪稳稳击中麦卡斯基太太的一只眼睛的下眼睑。”当真是战况激烈。然而听到房东家孩子不见踪影的时候，老两口也不禁停下战火，和其他住客一起参与其事。两人的回忆和口水战仍然那么有特色，居然为从未出生的孩子争论起来，但是身体已经依偎在一起，人性最柔软的部分被触动了，所有的人都感同身受。当孩子被找到的时候，两人的情绪又回到了从前。

逼真写实应当是这篇作品的典型特色，如果说还有悖论的影子，那就是在冷漠城市生活中的人性、关爱，其表现形式并不令人惊讶。比如格里格少校就赶紧借机跟太太申请了经费，跑到酒馆里打探消息去了。就我们所知，一个十岁不到的少儿怎么也不会混到酒馆里去，所以他注定是反衬人物。另外几个反衬包括图米先生，借机和心仪的姑娘套近乎，表达自己的爱心；老丹尼仍然一字一句地读报纸，直到宵禁的时候。曾有人说，在悲剧面前，所有的劝说都是隔岸观火，译者认为这个故事里，无论你怎么解读都可以，看看众生的反应，想想超大城市的典型生活模式，会心一笑。

其余的留待读者自己去总结，译者本人相信一千个读者就会有一千个哈姆雷特。

警察与赞美诗

麦迪逊广场上，苏比[1]躺在自己那条长凳上惶惶不安地翻来覆去。每当茫茫夜色里成群的大雁“昂昂”鸣叫着凌空而过，每当穿不起海豹皮大衣的女人开始和自家男人温存起来，每当苏比躺在公园的长凳上翻来覆去，兴许你就明白冬天已经近在咫尺了。

一片树叶无声无息地跌落在苏比的膝头。是雪精灵杰克·弗洛斯特[2]的名片。杰克对常年在麦迪逊广场存身的老客儿们态度不错，一年一度来光顾的时候每每要先提醒大家一声。他在四条大道的街角处一扬手，把名片都交代给北风，好让房客们有所准备，这北风也算是给“幕天席地”大厦看大门的。

苏比心头雪亮，严冬将至，是该亲自张罗着组建一个个人

① Soapy：主人公苏比的名字原意为“沾满肥皂的”，暗示了主人公破碎的希望。

② JackFrost：杰克·弗洛斯特是欧洲民间故事中的雪精灵守护着黑夜和美梦。当雪精灵出现时就意味着秋天即将结束，冬天即将来临。

求生之路委员会了。他在长凳上惶惶不安地翻来覆去就是为了这个。

在过冬的问题上，苏比的期许算不上高不可攀。他的打算里不包括地中海上的航行，也不包括飘荡在维苏威海湾里仰望晒得人思睡昏昏的南部的天空。去那座岛上待上三个月才是他殷殷期盼的。三个月里，有瓦遮头、有床休息，左近都是意气相投的人，无论是北风之神波瑞阿斯，还是穿蓝制服的警察，都妥妥地离他远远的，在苏比眼里，这恐怕就算是人生的至福了。

多年来，气候宜人的布莱克威尔岛[①]一直是他的避寒山庄。比他有福气的纽约人每年冬天去棕榈滩和里维埃拉的时候都得花钱买票，同理，苏比要想上岛度过他的年度“寒假”也得稍做些安排。现如今，这一时刻又到了。他躺在古老的广场喷泉附近的长凳上，只靠着三份头天晚上的主日报纸御寒，他把报纸塞在大衣底下、铺在脚踝上、盖住膝头，可还是抵挡不住寒气。于是，在苏比的脑海里那座岛屿的影子及时地放大了。打着慈善的旗号给本城靠救济为生的人提供的那些食宿条件，他可看不上。在苏比看来，法律制度比慈善机构要慈悲得多。市政府机关也罢、救济机关也罢，能让他混个温饱、简单度日的地方数不胜数。不过对于苏比这样一个心高气傲的人来说，吃救济让人喘不过气来。但凡从慈善机构手里拿到一丁点好处，虽说

① 布莱克威尔岛（Blackwell）在纽约东河上，岛上有监狱。

一个子儿都不用掏，可是心灵上却羞辱难当。就好比有恺撒就难免碰上个布鲁图[1]一样，福祸总是共存的，要想在慈善机构拿到一个床位，就得先洗个澡作为代价；要吃他一块面包，只好让人家盘问个淋漓尽致，作为补偿。所以说，还是到法律那里做客合算，虽说法律是靠条条框框来操作，可毕竟不会僭越本分，把老子的隐私也查个底儿掉。

敲定了要登岛的念头，苏比马上着手计划着怎么才好实现这个愿望。轻而易举的路子倒是挺多。最令人愉悦的手段莫过于找一家昂贵的饭店吃一顿豪华大餐，然后告诉人家，自己是一个大子儿也没有，就被人家心平气和地转交给警察。其余的事自有乐善好施的地方法官来料理。

苏比从长凳上爬起来，溜达着出了广场，百老汇大街和第五大道交汇处有一大片平坦的柏油路面，他从路面上穿了过去，来到百老汇大街上，这才拐了个方向，在一家灯火闪烁的饭店门前停住了脚步。葡萄、蚕虫还有原生质[2]制造出来的最佳上品

---

① 恺撒（Julius Caesar）：（前100—前44）罗马统帅、政治家、罗马的独裁者，被共和派贵族刺杀。布鲁图（Markus Junius Brutus）：（前85？—前42）罗马贵族派政治家和将军，曾图谋刺杀恺撒，后在对抗安东尼和屋大维联军的腓立比战役中失利并自杀。

② 原生质是细胞内生命物质的总称，其主要成分是糖类，蛋白质，核酸，脂质。原生质分化产生细胞膜、细胞质和细胞核，构建成具有特定结构体系的原生质体，即细胞。文中葡萄的最佳产品指葡萄美酒，蚕虫的最佳产品是丝绸，而原生质的最佳产品可能性很多，可以是植物也可以是动物，包括人类。

夜夜聚集在这里。

就外形而言，苏比对西服背心最下面的那颗纽扣往上的部分还是很有信心的。胡子剃光了，外衣也体面，还系了一条平平展展的黑色活结领带，那是感恩节那天一位女传教士送给他的。如果他溜到餐桌旁还没有人疑心他，那么事情就十拿九稳能成了。露出桌面的上半身不会引得侍者起疑。一只烤野鸭，苏比思忖着，就相当不错，配上一瓶沙布力白葡萄酒，然后是一份卡门贝尔奶酪，加一小杯浓咖啡，再来一支雪茄烟。选一块钱一支的那种也就足够了。饭费的总额不算太高昂，不至于逼得饭店掌柜非要大发雷霆、打击报复；而这些荤腥也足以让他在赶赴冬季避难所的旅途上腹中饱满、心情愉快。

可是苏比的脚刚刚踏进饭店的大门，侍者领班就一眼盯上了他那条破破烂烂的裤子和那双朽烂的皮鞋。一双粗壮而从容的手把他推转了回去，无声无息、动作迅捷地把他打发到人行道上，于是那只原本命运堪忧的野鸭也得以转危为安。

苏比从百老汇大街拐了下来。看来奔向梦寐以求的岛屿的这条路上是没有美酒佳肴了。要想进监狱，还得另辟蹊径。

在第六大道的街角有一家商店，大玻璃橱窗之内华灯闪亮，商品布置得别具匠心，映衬得橱窗分外惹眼。苏比捡起一块鹅卵石，直奔玻璃窗甩了进去。有人从拐角的那边冲了过来，领头的是个警察。苏比纹丝不动，两手插在口袋里，一瞅见那些铜纽扣[1]就笑起来。

“惹祸的小子在哪儿？”警察勃然大怒，问道。

“还没瞧出来，兴许我跟这件事有点瓜葛？”苏比说，这话说得很带着些讥讽，不过态度很友好，就好像等着行大运呢。

可是警察心里，苏比连线人都当不上。砸橱窗的人绝对不肯留在当地等着和官差嚼舌头，早就前脚跟儿不打后脚跟儿地跑了。警察望见隔着半条街有个人正在一路狂奔地追一辆车，于是抽出警棍，紧随其后追了过去。苏比心里窝火极了，只好逛荡着离开。两战两败了。

马路对面有家饭馆儿，没什么花哨的装扮，招徕的是那些能吃能喝、可是囊中羞涩的食客。店里的杯盘碗盏都敦敦实实，味道也浓重；可是菜汤是清汤寡水，餐巾也稀薄。苏比脚蹬一双招人白眼的皮鞋，身穿一条搬弄是非的裤子走进这样一个地方倒是没有什么难度。他在桌边一屁股坐下来，一份牛排加煎饼、加多纳圈，再加馅儿饼都吃了下去。之后才跟店小二说了实话，他一个大子儿都没有。

“喏，赶紧地，叫个条子[2]来，”苏比说，“别让老子等久了。”

“收拾你用不着条子，”店小二用一副奶油蛋糕一般甜腻的嗓音说道，瞪着好比曼哈顿鸡尾酒里浸泡的樱桃似的那么猩

---

① 警服的扣子是铜纽扣，此处是借代用法。

② 对警察的粗俗俚语说法，对应原文中的俚语用语。

红的一只眼睛，“嘿，一起上！”

两个店小二把苏比架起来，手脚干净地往外一丢，扔在铁石般的人行道上，左耳朵着地。他仿佛一把木匠用的折尺一节一节地展开一样，一段一段地爬起身，拍了拍衣服上的灰。被捕恰如一段玫瑰色的梦幻，那个岛仿佛已经遥不可及了。隔着两扇门的地方有一家药铺，门前站着一个警察，可是他笑嘻嘻地顺着大街走了。

足足逛了五个街区之后，苏比这才有胆子重新谋划被捕的事。这次的机会太轻松了，简直就是他心底念叨的那种“小菜”。一个青年女子，外形温婉而和善，就站在展示橱窗的跟前，对着窗内陈列的剃须缸与墨水台兴致勃勃地看。而就在橱窗两码以外，一个高头大马、表情严肃的警察此时正斜倚在一个防火栓上。

苏比给自己设计的角色是一个卑鄙无耻的“小瘪三”。他要调戏的女子优美文雅，又有一位认真负责的警察触手可及，这些事实鼓舞着他，坚信时隔不久就能感受到官差那令人舒心的指掌钳制住自己的胳膊那种感觉，这样一来到那座魂牵梦绕的小岛找个避寒的小窝的事就肯定有着落了。

苏比把女传教士送的活结领带抻直了，吞进袖口的衬衫袖子也揪了出来，而后歪戴着帽子，歪得要掉，蹑手蹑脚地朝那个年轻女子蹭了过去。他冲姑娘飞了几个媚眼，时不时地咳嗽几声，哼哼唧唧几声，嬉皮笑脸，把“小瘪三”那些卑鄙下流的手段都一一使了出来。凭着眼角的余光苏比看得出来，那警察正直勾勾地盯着自己。那个年轻女子错开了几步躲开他，但还是专注地观赏着那些剃须缸。苏比斗胆随着人家跟了过去，站在她身旁，举了举帽子，说：

“哎哟，贝迪利亚！不想来我院子里玩玩吗？”

那个警察还在旁观。但凡这位惨遭调戏的年轻女人翘起一根指头召唤一下，苏比就算踏上通向全封闭式避难所的金光大道了。他想象中已经感受到了警局里惬意的温暖。那个年轻女人正脸看着他，手一伸就揪住了苏比的外衣袖子。

“没问题，麦克，”她兴冲冲地说道，“只要你打一个扎啤给我就成。老早就想跟你搭腔，可是那条子一直看着我呢。”

那个年轻女人紧紧地攀附在苏比身上，就好比常春藤缠绕着橡树一样，苏比心情郁结地从警察身边走了过去。看来他是难逃自由了。

走到下一个拐弯，他把女伴甩了就跑。在一个地方他停下了脚步，每逢夜晚，这里的街巷最明亮，心情最明快，赌咒发誓最随性，上演的剧本也最随便。

皮草美人与毛呢男士在寒凉的空气中欢快地冶游。一阵突如其来的惊惧攫住了苏比的心，是不是有什么可怖的魔镇妖法，所以才想被捕而不可得。这个念头让他生出了些许恐慌，但是当他遇到又一个警察，见他懒洋洋地在金碧辉煌的剧院门前闲逛的时候，劈手就抓住了最后一根稻草——“扰乱社会治安”。

于是苏比开始在人行道上扯着脖子吼，像醉鬼那样胡言乱语。他蹦蹦跳跳、咆哮嘶吼，出尽百宝地想把这老天杵个窟窿。

警察手里转动着警棍，扭过身背对着苏比，向一个市民解释说：

“这小家伙是耶鲁的，他们给哈德福学院吃了鸭蛋，这是在庆祝胜利呢。动静是大了点，但是也不惹祸。我们接到通知了，随便他们怎么闹去。”

苏比泄气地停下了这徒劳无功的吵闹。再也没有哪个警察肯碰他一指头了吗？他梦幻中的海上仙山仿佛已经成了咫尺天涯的阿卡迪亚[①]。他把单薄的外衣扣子扣紧，好遮挡一下浸骨的寒风。

他看见有个衣冠楚楚的男人在雪茄烟店里对着晃来晃去的火头在点烟。步入店门的时候，那人的丝制雨伞就立在门边。苏比一步踏进去，牢牢地攥住雨伞，又缓缓地退出门。正在点烟的男人仓促地追了上来。

---

① 阿卡迪亚位于伯罗奔尼撒半岛，与希腊大陆的其他部分隔绝，多里安人入侵希腊时（前1100—前1000）没被占领。该地区与世隔绝，乡民过着牧歌式生活，古希腊和古罗马的田园诗里，阿卡迪亚被描绘成世外桃源。Arkadia 这个词中 ark 原意为躲避、避开，后指为方舟，adia 指阎王，arkadia 就是指躲避灾难的意思，引申为“世外桃源”。

“我的伞。”他厉声说道。

“哦，是吗？”苏比冷嘲热讽着，于是他的罪孽除了小偷小摸，还添上了出口伤人，“那好啊，你怎么不叫警察呀？就在我手里呢。就是你的伞，怎么着！怎么不叫个条子来？街角那儿就站着一个呢。”

雨伞的主人缓下了脚步。苏比也缓下了脚步，一丝不祥的预感油然而生，恐怕还是不走运。那个警察惊异地瞧了瞧这两个人。

“敢情啊，”雨伞的主人说道，“这事……好嘛，要知道这种事都是这么来的……我……如果伞是您的，还希望您见谅……我也是早晨在一家饭店里捡来的……要是您认出来是自己的伞，嗨哟……还望您……”

“铁定就是我的。”苏比狠巴巴地说。

雨伞的前任主人掉头就走。那个警察赶上前扶着一位披着夜礼服斗篷、身材高挑的金发女郎过马路，两个街区之外有辆电车正冲着她开过来。

苏比一头奔东去了，穿过一条因为翻修而高低不平的街道。他恨恨地把雨伞甩进一个工程沟。自言自语地数落着那些头戴钢盔、手拿警棍的家伙，他多想落入这些人的手掌，可是他们反倒把他当成国王敬着，就没有做错的事。

苏比终于走到通往东区的一条马路上，到了这儿璀璨的灯火、嘈杂的喧哗都恍恍惚惚的。他顺着回家的本能，朝着这个方向一路往麦迪逊广场走去，哪怕他的家不过是公园里的一条长凳。

可是，当他走到一个安宁得异乎寻常的角落时，他顿住了脚步。这里有一座古色古香的教堂，有些凌乱，外墙有人字形的山墙。窗子是紫罗兰色的，透射出柔和的光芒，风琴师的手指正在键盘上跃动，好确保礼拜日唱赞美诗的时候能熟练地演奏。悦耳的音调从窗口飘出来，落入苏比的耳朵里，一下子攫住了他，紧紧地扣在铁栏杆上，贴紧在螺旋花纹上。

素月当空，明媚宁和；车辆行人寥寥无几；屋檐间栖息的麻雀困倦地嘟囔了几声——此情此景一时之间化作了乡村教堂的墓地。而风琴师指尖弹奏的赞美诗将苏比紧紧地系在了铁栏杆上，因为这乐曲曾几何时是他所熟悉的音乐，那时候他的生命里还有慈母和挚友，有鲜花与雄心，那时候无论他的衣领还是心灵都还洁白无瑕。

易感的心灵与古老教堂的感染力弥合交融，蓦然间他的灵魂深处发生了奇妙的嬗变。反观自己当前的处境，日日堕落、念念肮脏，想望尽灭、才华全毁，心头都是卑劣的念头，自己居然深陷其中，他的心中突如其来地生出一股厌憎。

转瞬之间，这样前所未有的情绪在他的内心激荡出一阵涟漪。猝然生发的强烈冲动让他振作起来要和无望的命运拼个高低。他要把自己拉出泥潭；他要改过自新；他要击败那曾经困住自己的恶魔。他还有时间，毕竟年纪不算老朽，他要让旧日的勃勃雄心重现峥嵘，再无迟疑地坚决实现自己的梦想。管风琴庄严而美好的音调搅动得他的内心好一番天翻地覆。明天他就到喧嚣的市中心区找个工作。曾经有个皮草进口商给了他一份开车的活计，明天就找他要下这个活儿。他要成为世间枭雄。他要……

苏比发觉有只手钳住了他的手臂，于是猛然转过头去，却见正是警察的一张圆脸。

“搁这儿干吗呢？”那个警官问道。

“不干吗。”苏比说。

“跟我过来。”警察说道。

转天清晨，警察局的地方法官宣判：“布莱克威尔岛，服刑三个月。”

繁忙的证券经纪人的浪漫史

皮彻在证券经纪人哈维·麦克斯韦尔的办公室担任机要秘书，平日里他总是面无表情，可这天当他的老板一早九点半步履轻盈地步入办公室，年轻的女速记员居然陪伴在他身畔的时候，皮彻终于露出一丝兴味与惊讶的表情。麦克斯韦尔兴冲冲地说了声“早上好，皮彻”，就好比冲刺一般直奔自己的办公桌，恨不得一抬腿就跳过桌面似的，接着就一头扎进有待处理的信件和电报堆里。

那个青春女郎给麦克斯韦尔当速记员已经一年了。她的美貌真是难描难画，要想用速记的简洁手法来描述那是绝对说不明白的。她头上没有魅惑的高卷式发型那份华丽，身上没有项链、手镯、盒式吊坠诸般点缀，面上没有时刻准备接受午餐邀约的气息。她身着素朴的灰色裙服，剪裁却忠实地勾勒出她美好的身材；头戴整洁的黑色无边帽，顶上插了一根金刚鹦鹉的羽翅，色泽绿中带金。这日清晨，她容光焕发，面带柔情与羞意；眸光璀璨、如梦如幻；笑靥如染，粉面如桃；神色愉悦，又似略带怀念。

皮彻心中的好奇余波犹存，进而发觉这姑娘今天早晨与以往不同。她没有直奔隔壁的里间办公室去，她的办公桌在里面，反而在外间流连不去，仿佛有点犹疑不决似的。甚至有一次她还磨蹭着走到麦克斯韦尔的桌边，靠得那么近，让人肯定能意识到她的存在。

可是坐在办公桌前的机器人麦克斯韦尔哪里还是凡人。这位繁忙的纽约证券经纪人已经化身为一架靠嗡嗡作响的轮子和抻开的弹簧运动的机器了。

“啊，你要干吗？有事？”麦克斯韦尔尖声问道。桌上堆满了已经开拆的邮件，有如戏台上用的雪片一般。他那灰蓝色的眼睛眸光炽烈、冷厉无情，不耐烦地扫了她一眼。

“没事儿。”速记员答道，浅笑盈盈地走开了。

“皮彻先生，”她对机要秘书说道，“昨天麦克斯韦尔先生是否说起要再雇一名速记员？”

“说来着，”皮彻答道，“他要我再雇一个。我是昨天下午通知职业介绍所，要他们今天上午派几个人来面试。可是现在已经九点四十五了，还没见有人戴着宽边花帽或嚼着菠萝味儿的口香糖来报到。”

“要不我还是照常工作吧，”年轻的姑娘说道，“直到有人来接手。”姑娘当即走到自己的办公桌边，把那顶装饰着金刚鹦鹉绿中带金的羽毛的黑色无边帽挂到平日里搁置的地方。

有人要是想投身于人类学研究，却不曾亲睹曼哈顿的证券经纪人在生意高峰时刻奔忙的盛况，那就像缺了一条腿似的。诗人句中对“璀璨人生中拥挤的时光”大加赞美，而经纪人的工作时光哪里仅止于拥挤，分分秒秒都安排了事，仿佛车上每一个拉手皮带都有人牵住，从最前面的站台一直到最后面的站台都排满了人，塞得满满当当。

这一日又是哈维·麦克斯韦尔马不停蹄的一日。股票行情指示器抽搐着转动起来，断断续续地吐出卷纸，座机电话则一刻不停地“丁零零”作响。人们开始蜂拥而入，隔着办公室的围栏嘶吼，有人欢欣鼓舞、有人声嘶力竭、有人穷凶极恶、有人心潮澎湃。送信的小伙子带着信件和电报穿梭来去。办公室的职员们仿佛和狂风暴雨激战的水手一般一步三跳。连皮彻的面庞也似乎不再绷紧，多少有点活泼的样子。

证券交易所里巨变频仍，狂风暴雪、山崩地裂、冰川倾泻、火山爆发俱在眼前；而这位证券经纪人的办公室里也上演着同类的震荡，只不过规模微小一些。麦克斯韦尔把椅子猛扯到墙边，好像一名踢踏舞演员似的脚跟不着地地处理着业务。他一步从股票行情指示器跨到电话那里，又一步从桌前跨到门口，动作敏捷堪比训练有素的丑角演员。

就在这分秒渐增、偏偏至关重要的紧张气氛之中，证券经纪人蓦然发现一蓬高耸的金色卷发，上面有一顶天鹅绒小帽，镶着鸵鸟羽饰；一件宽松的海豹纹人造革上衣，一长串大如山核桃的珠子，几乎垂落到地面上，最底端还吊了一个银制的鸡心。所有这些衣着饰品都穿戴在一位沉着镇定的年轻女子身上。皮彻正准备解释她的身份。

“是速记员介绍所荐来的女士，来谈谈工作的事。”皮彻说道。

麦克斯韦尔半扭过身子，手里满满当当都是文件和证券行情数据纸。

“什么工作？”他皱了皱眉头问道。

“速记员，”皮彻说，“昨天你叮嘱我打电话，让他们今天上午派一个人过来。”

“你脑子糊涂吧，皮彻？”麦克斯韦尔说，“我为什么要下这样的指令？莱丝丽小姐来这儿一年了，她的工作从来无可挑剔。但凡她想留下，这个职位永远是她的。这儿不缺人，女士。皮彻，跟速记员介绍所打招呼，取消用人意向，叫他们不用再派人过来了。”

银制鸡心愤愤不平地出了办公室的门，那吊坠摇摇摆摆地一路撞在桌椅家具上“砰砰”作响。皮彻忙里偷闲，跟簿记员谈论道，这位“老头子”一天比一天漫不经心，记性也越来越差了。

业务的冲击力越来越迅猛，节奏也越来越快。有六七只股票遭受打击，麦克斯韦尔的顾客正是这几只股票的大买家。买入和抛出的单据有如飞燕穿梭来去。这位证券经纪人自己持有的股票也有几只形势不好，于是他这一忙起来完全成了一架高速运转、精密而有力的机器，马力全开、全速运转，精确无误、毫不迟疑，他遣词用字恰如其分，决断合情合理，出手有如时钟一般迅捷而及时。股票和债券、贷款和抵押、保证金和证券，这里是金融的世界，没有丝毫空余留给人类世界或者自然世界。

随着午餐时间渐次行近，一片喧嚣之中终于迎来了片刻宁静。

麦克斯韦尔站在办公桌旁边，两手上抓满了电报和备忘录，一支钢笔架在他的右耳朵上，几绺头发凌乱地耷拉在前额上。窗户大敞四开，因为亲爱的门房太太——春天——已经借正在苏醒的大地送来了些许温情。

于是一缕正在飘摇的——也许是迷失的——芬芳顺着窗户飘了进来，这是细腻而甜美的丁香花的芳馨，这位经纪人一时间凝止了。因为这芬芳是莱丝丽小姐的气息，是她本人的气息，她独有的气息。

这芬芳将她的音容笑貌在他眼前鲜活地描绘了出来，似乎伸手可及。于是金融世界陡然缩小，只剩一个针尖。而她就在隔壁，距此二十步之遥。

“老天爷，我得现在就去，”麦克斯韦尔的声量只有刚才的一半，“我得马上问她肯不肯。真搞不懂早先怎么没有想起问她呢。”

他急匆匆地冲进里间的办公室，就仿佛卖方急于补仓似的。他直冲向速记员的办公桌。

她扬起笑脸看着他，一丝轻红悄悄地漫上她的双颊，双眸温和而坦率。麦克斯韦尔把一只胳膊撑在桌上，一大堆翻飞的文件还攥在双手里，耳朵上还夹着那支钢笔。

“莱丝丽小姐，”他紧锣密鼓地开始表白，“我只有一小会儿空闲时间，我想趁这点闲空跟你说件事。你愿意嫁给我吗？我没有时间按照通常的程序向你求爱，不过我实心实意地爱你。赶紧说啊，求求你——又有人在抢购太平洋联合公司的股票了。”

“噢，你在说什么呀？”年轻的姑娘惊叫起来。她站起身，直勾勾地盯着他，眼睛瞪得圆圆的。

“你还不明白？”麦克斯韦尔烦躁地说，“我希望你和我结婚。我爱上了你，莱丝丽小姐。原先就想告诉你，所以我等到手头的事情方才缓下来一点，就赶紧瞅个空过来。现在又有人在打电话找我了。皮彻，告诉他们稍等一分钟。可以吗，莱丝丽小姐？”

速记员的反应好生古怪。最开始，她好像被震慑住了；随后，困惑的双眸中泪水潸然落下；接着，一双泪眼里闪烁出明媚的笑意；最后，一条玉臂温情款款地搂住了经纪人的脖子。

“现在我才明白，”她轻柔地说，“是因为业务太忙，挤兑得你把什么事都忘光了。最初可是把我吓着了。你忘了吗，哈维？昨天晚上八点，我们已经在拐角那里的小教堂结过婚了。”

财神和爱神

年迈的安东尼·洛克沃尔已经退休了，他曾经是个肥皂制造商，经营洛克沃尔－尤里卡[1]肥皂公司。他在第五大道有座宅院，这时他从书房的窗户朝外望着，龇牙一笑。右首那家住的是一位贵族俱乐部的成员，名叫 G. 范·舒莱特·苏福克－琼斯，这时琼斯出了门直奔等着他的那辆汽车，和往常一样，他冲着安东尼的肥皂王宫正前方那尊意大利文艺复兴风格的雕塑傲慢地皱了皱鼻子。

“顽固不化的老东西，你傲个屁啊！”前任肥皂大王对他嗤之以鼻，“你就是内斯尔罗德[2]那样的小点心，还不给我收敛

① Eureka 是个叹词，表示“找到了”“有了”；此外这个词汇又有灵感或灵异的意思。在本文中是肥皂的品牌。

② 这个词汇有双关意，一个是用来制作冰淇淋、布丁、甜饼的什锦果脯；又可以指 Karl Robert Nesselrode（1780—1862）K.R. 内斯尔罗德，德籍俄罗斯政治家。文章中是对邻居的强烈蔑视。

着点，伊甸园博物馆伸伸手就能把你收拾了。明年夏天我就叫人把房子粉刷成红白蓝[①]三色，倒要看看你那荷兰鼻子还能扬得更高不。”

向来不喜欢摇铃铛呼唤家仆的安东尼·洛克沃尔走到书房门口，大吼一声“迈克！”那嗓门在当年曾经把堪萨斯大草原的天空撕成碎片。

“跟少爷说，”安东尼对应声而来的仆人吩咐道，“叫他出门之前来我这儿一趟。”

洛克沃尔家的年轻人一走进书房，老头子就把报纸抛在一边。那张光溜溜、红彤彤的大圆脸上，和蔼中带着几分严肃地看着儿子。他一只手把满头蓬松的白发抓得一团糟，另一只手则拨拉得口袋里的钥匙哗啦啦地响。

“理查德，”安东尼·洛克沃尔说，“你用的肥皂是花多少钱买的？”

理查德大学毕业返家后才刚刚六个月，于是小小地吓了一跳。老爹的心思他还吃不准，这老头子好比首次参加聚会的少女一样，净是让人出乎意料的情况。

“我记得是六美元一打，爸。”

“你的衣服呢？”

“照常规是六十美元上下一件。”

---

① 这是荷兰国旗的颜色组合，肥皂大王在表达他的不满呢。

“你是有身份的人，”安东尼不容置疑地说，“我听说公子哥儿买一打肥皂都得花上二十四美元，买衣服都得突破百元大关。你能拿来胡花的钱绝不逊于这些人，可是你自始至终都是正派人的做法，花钱上向来有节制。我现在还是用老牌的尤里卡肥皂，不全是因为难以割舍，也是因为它是市面上最纯粹的肥皂。但凡是十几美分一块儿的肥皂，买到手的其实就是劣质的香料、糟糕的品牌。不过，在你这样的年纪、有你这样的地位和家境的年轻人，五十美分一块的肥皂就不错。我也说来着，你是贵族。有人说，三代才能养出一个贵族。这些话不靠谱。有钱好办事，就好比肥皂里有了油脂一样，事事通畅。有钱就有身份。他娘的！说悬点儿我也差点成贵族了。我跟住在咱家左右那两个荷兰佬[①]没什么两样，没礼貌、脾气坏、举止粗俗。这俩人到夜里连觉都睡不好，就因为我买的房子在他俩中间。”

“有些事情即便有钱也无能为力。”洛克沃尔家的小伙子郁闷非常地说道。

“得了，别那么说，”老安东尼吃了一惊，说道，“我敢打赌有钱能使鬼推磨，我始终相信钱能通神。一本大百科全书，我从 A 查到 Y，还没发现有什么东西是钱买不来的；但愿到下个礼拜我能查完附录。我坚信有钱万事通。说说看，还有什么东西是钱买不来的。”

---

① Knickerbocke：指住在纽约的早期荷兰移民的后代。

“譬如说吧，”理查德微微地恨声说道，“打进排外的社会圈子的门路，就是有钱也买不到。”

“哦呵！买不了吗？”金钱这个万恶之源的拥趸咆哮如雷，“你倒说说看，要是阿斯特[①]家的第一个人没钱买统舱的船票到美国来，你的排外社会圈子又在哪儿呢？”

理查德唏嘘了起来。

“我原本要谈的事就是这个，”老头子的语气不那么狂暴了，“叫你过来就是因为这个。好像出了点状况，小子。我已经留意这事已经两个礼拜了。别憋着了。我估计，在二十四小时内，我这双手能随意摆布的钱有一千一百万美元，此外还有房地产。如果出了问题的是你的肝脏，“云游者号”就在海湾里泊着，煤也装好了，随时可以出发，两天的工夫就能乘着蒸汽送你到巴哈马群岛。”

“您估计得不错，老爹；大差不差。”

“啊，”安东尼激动地问，“姑娘叫什么名字？”

理查德在书房里开始踱来踱去。在这位粗鲁的老爹满满的亲情与同情关照下，他重新拾起了信心。

“怎么不开口问问她的意思呢？”老安东尼追问道，“她一定会扑进你的怀抱。你要钱有钱、要貌有貌，品行又好。你

---

① Astor（阿斯特）：指 John Robert Astor（1763—1848），原为德国人，后移居美国，成为美国皮毛商富豪兼金融家。

的两手一丁点儿尤里卡肥皂也没沾上过，干净着哪。你又上过大学，不过姑娘不会在乎这个。”

“一直找不到机会。”理查德说。

“那就制造一个机会，”安东尼说，“带她上公园散步，要不驾上车出去跑跑，要么从教堂回来的时候一起步行回家。机会少！我呸！”

“社交界的道道儿你不懂，老爹。她是领袖社交界的人物之一，她的时间都是提前几天按小时、按分钟预先安排好了的。那个姑娘我势在必得，老爹，要不然在这座城市里活着就好像淹没在泥塘里一样。这事写信又写不明白，我根本没法写明白。”

“嘁！”老头儿说，“你的意思是说，给了你那么些钱，你都没法子让一个姑娘给你留一两个小时吗？”

“太迟了。她要乘后天中午的航班，到欧洲去住上两年。明天晚上我去见她，能和她单独待上几分钟。她目前住在姨妈家里，在拉齐蒙特。我不能去那儿见她，不过她答应了，明天晚上我可以租辆车到中央火车站接她，她乘火车八点半到站。我们得乘车沿着百老汇大街一路紧赶慢赶地赶到沃拉克剧院去，她的母亲和整整一包厢的人在剧院休息室等我们。在那种情况下，不过六到八分钟的光景，您觉得她能听得进去我倾诉衷肠吗？不可能。演出过程中或者散场之后，我还有什么机会呢？一丁点都没有。不成，老爹，如此难题就是金钱无能为力的难题，拿真金白银买时间，哪怕一分钟也买不到；要是能行的话，有钱人就能延年益寿。在兰特丽小姐远航之前，和她谈心的盼头是没有了。”

“这就妥了，理查德，儿子，”老安东尼快活地说，“现在，你可以赶紧去俱乐部玩了。出问题的不是你的肝脏，我很开心。不过千万记得要隔三岔五地去财神庙烧几炷香，敬一敬财神大爷。你不是说钱买不来时间吗？好吧，的确，你又不能出个价，下订单叫人把来世打包给你送到家门口。不过，当年岁月老爹在金矿里穿行的时候，后脚跟被烂石头硌得青一块紫一块的，我可是见过的。”

当天晚上，爱伦姑妈在弟弟看晚报的时间上门来探望，这是一个温婉多情的女人，她脸上长满了皱纹，总是唉声叹气，分明是为财富所累。两个人就情关的苦恼这一话题聊了起来。

“他的事全告诉我啦！”弟弟安东尼边说，边打着呵欠，“我跟他说银行存款随他想怎么使就怎么使，然后他就开始吐槽我的钱。说什么钱也帮不上忙。还说什么把十个百万富翁凑成一堆儿也没法把社交界的规矩扯开一丁点儿。”

“哦，安东尼，”爱伦姑妈叹了一口气，“但愿你别把钱看得这么重。但凡牵扯到真爱，财富就算不了什么了。爱情的力量无可比拟。要是他早先开口就好啦！她哪里会回绝我们的理查德，只是我怕现在太迟了。他不会有机会跟姑娘倾诉衷肠。

就是搭上你所有的金银财宝也买不来孩子的幸福。”

第二天晚上八点钟，爱伦姑妈从一个被蛀虫啃烂了的盒子里取出一枚精致古典的金戒指，交给理查德。

“今天晚上就戴着它吧，孩子。”她恳切地说，“是你娘当年交代给我的。她说，这戒指能让你情事走运。她托付过我，等你找到心上人的时候，就把戒指交给你。”

洛克沃尔家的小伙子虔诚地接过戒指，试着往小拇指上套了套，可是才到第二个指节就卡住了。他把戒指取下来，循着男人的通常做法，放进背心的口袋里，然后打电话叫出租车。

八点三十二分，他从火车站四处游荡的人潮中寻到了兰特丽小姐。

“千万别让妈妈她们久等。”她说。

“尽快赶到沃拉克剧院！”理查德忠心耿耿地吩咐着车夫。

他们从第四十二街一路飞奔，转到百老汇大街上，而后沿着一条被照如白昼的胡同飞驰而下，从落日斜晖中的温情牧场奔向明媚晨光中的重峦叠嶂。

跑到第三十四街的时候，小伙子理查德赶紧推开车厢，叫车夫停下。

“是一枚戒指掉下去了，”他一边踏出车厢，一边表示歉意，“那是我母亲的遗物，要是丢了我真要恨死了。一分钟都耽误不了，我瞧见了是从哪里掉下去的。”

一分钟都不到，他就带着戒指回到了马车里。

然而就在那短短的一分钟里，有一辆城区的街车正好挡在了这辆马车的正前方。待到车夫试着向左拐的时候，偏偏被一辆沉甸甸的邮车拦住了去路。车夫调转车头向右，右边却又来了一辆搬运家具的货车，它分明没有必要堵在那里，车夫只好退回来。他也试过后退，依旧不行，只得丢下缰绳，尽忠职守地骂起大街来。他可是被一伙夹缠不清的车辆和马匹封锁在中间了。

大城市的街道上时不时会突如其来地发生一次这种交通封锁，让人动弹不得。

“怎么不走了？”兰特丽小姐焦急地问道，“我们要迟到啦。”

理查德站起身，从马车里向四下张望了一下，但见蜂拥而来的运货马车、卡车、出租车、货车和公交车，全都堆积在百老汇大街、第六大道和第三十四街的交叉口处，轩敞的路口挤得水泄不通，就好比一个明明腰围有二十六英寸的姑娘偏偏要塞进一条二十二英寸的紧身衣里似的。更有甚者，从这几条彼此交错的街道上还有各式车辆“嗒嗒”作响着全速飞奔而来，一头扎进这一团挣扎的乱麻之中，车轮交困，喧嚣尘上，车夫们还不住地骂天骂地。好像曼哈顿区所有的车辆全都纠结在这儿了。沿着人行道看热闹的千千万万个纽约人里哪怕是年纪最大的市民，也不曾亲眼看见过这么大规模的拥堵。

“真是抱歉，”理查德重新落座时说道，“看情形咱们恐怕是堵在当中了。路上乱成这样，一小时之内绝对疏散不开。都怪我。若非我把戒指掉了的话，我们……”

“把那枚戒指给我看看吧，”兰特丽小姐说，“既然我们无能为力，我就不纠结了。反正，看戏在我看来也挺傻的。”

夜里十一点钟的时候，有人“咄咄”地叩响了安东尼·洛克沃尔的房门。

“进来。”安东尼吼道，他穿着一件红色的睡袍，正在读一本海盗惊险小说。

进来的是爱伦姑妈，有如一位不小心滞留人间的银发天使。

“他们订婚了，安东尼，”她温和地说，“姑娘允婚了，要嫁给我们的理查德。赶往剧院的路上遇到交通拥堵，一直堵了两小时才疏散开。”

“还有，安东尼弟弟，不要再鼓吹有钱能使鬼推磨了。我们的理查德之所以能获得幸福，全靠一件象征真爱的小小信物——那枚小戒指象征着情深不渝、千金不改其志。戒指在半路上掉了，于是他下车去找。然后不等他们继续驱车，就发生了道路拥堵。就在堵车的时间里，他向姑娘吐露了深情，还赢得了她的爱。安东尼，和真爱相比，金钱就是一个渣。”

“行了，”老安东尼说，“孩子能得偿所愿我很开心。我告诉过他，为了这事我会不遗余力帮他，但凡……”

“可是，安东尼弟弟，你的钱能有什么作为呢？”

“姐姐，”安东尼·洛克沃尔说，“我正读到这个海盗现在性命攸关：坐船刚刚被凿沉，而他很善于估计金钱究竟值多少钱，怎么肯任那艘船沉没。希望你能让我把这一章看完。”

原本故事在这儿就该结束了。我和所有读者一样，也诚心诚意地盼着故事能到此为止。可是，我们还是得查明真相，一探究竟。

第二天，有个自称凯利的人来到安东尼·洛克沃尔家，他的手掌通红，脖子上系着蓝色点点图案的领带，洛克沃尔立刻在书房见了他。

“好吧，”安东尼说，伸手去拿支票簿，“这得值上亿块儿肥皂了。咱们瞧瞧，你支取了五千美元的现金。”

“我自己的钱还填进去三百块呢，”凯利说，“没办法，只能比预估的稍微多掏一点儿，快速货车和出租车多半是五美元一辆；不过卡车和两匹马拉的马车多数都涨价了，得十美元。汽车司机要十美元，载货的车有些得付二十美元。警察宰我宰得最狠，五十美元打发了两个，其余的要了二十美元或者二十五美元。不过，我们演戏演得多像啊，是不是，洛克沃尔先生？威廉·阿·布雷迪[①]当时不在场，没有目睹那场小小的户外车辆大堵塞，真是好开心，我可不希望威廉因为嫉妒伤了心。

① 威廉·阿·布雷迪：美国著名的剧院经理。

而且从来没有排练过！小伙子们全都分秒不差地赶到了现场。这两个钟头堵得那个严实啊，哪怕一条蛇都没法从格里利[①]塑像下钻过去。”

“一千三百美元，是你的了，凯利，”安东尼一边说，一边撕下一张支票，“本该给你的一千，其余三百美元是你贴的钱。你对钱没有歧视吧，有吗？凯利？”

“我吗？”凯利说，“发明了贫困的那个家伙我想抽他一顿。”

凯利走到门口时，安东尼叫住了他。

“你当时有没有留心看看，”他说，“在堵车的地方是不是有个一丝不挂的胖小子举着弓射箭？”

“干吗问这个，没有呀，”凯利摸不着头脑，“我没留心。如果那小子跟你说的那个样子，兴许在我赶到之前，警察早就把他揪走了。”

“我琢磨着，这个小捣蛋鬼当时不在场吧，”安东尼窃笑着说道，“再见，凯利。”

① Greeley 格里利：指 Horace Greeley（1811—1872），美国新闻记者、作家、编辑、政治家、纽约论坛报的创始人。

家具齐全的出租房

有如时间一样流逝无定、居无定所、变幻无常，这正是盘桓在纽约西区的下只角一带的多数居民惯常的生活状态。这些人无家可归，因此也就四处为家，有如一只候鸟在那些自带家具的出租房之间穿梭。他们永远不肯留驻，不仅居住方面是这样，心灵和思想方面也是如此。他们用拉格泰姆[①]曲风唱着《家园，美满的家园》；随身一只手提箱能把全部家珍装上就走；宽边花帽上盘绕着葡萄藤；一棵橡胶树就成了他们遮羞的无花果树[②]。

---

① 拉格泰姆又称繁音拍子，是多切分节奏的一种早期爵士乐形式。

② 无花果是一个充满隐喻的文化意象，在古希腊神话中，日神泰卫为了营救天神宙斯紧紧追赶的勃克斯的儿子，让他变成一棵无花果树，瞒过了宙斯。古罗马神话中也有相似的故事，无花果树庇护了罗马的创立者罗莫路斯王子躲过凶残的妖婆和啄木鸟的追赶。《圣经》中无花果是第一种提到的植物，人类用无花果树叶遮盖自己的身体，暗喻遮掩自己的罪孽，但是这样的企图都是徒劳的。以译者的理解，这里用无花果为铺垫，暗示了文章的末尾。

客居在这个区域的房子里的租客成百上千，于是这些房子可以叙说的故事也是成百上千。多数故事当然没有什么意思；但是，如此众数的漂泊租客流浪的身影后居然找不出一两个鬼魂，那才是古怪呢。

有一天晚上，夜幕降临之后，有个小伙子在这片红色的危房之间流连徘徊，按响门铃。他来到第十二户人家门前，把干瘪的手提箱放置在台阶上，又抹了一把帽檐和额头上的尘土。铃声宛在庭园深处，遥远而空旷，细若游丝。

算到这扇门，已经是他按响的第十二户人家了。房东应声而来，她的外形诱发了他的联想，简直是一条身体破败、饮食无度的蠕虫，那颗坚果已经被它啃得只余一个空壳，如今正在找寻房客把空果壳填满好接着吃。

小伙子问这家是否有房间可以出租。

“进来吧，”房东说，嗓音貌似是从喉头憋出来的，那喉咙仿佛衬了一层皮草一样刺耳。“三楼紧后面还有一间，一周以前才空下来。愿意瞧瞧吗？”

小伙子随她身后上了楼。一缕幽光不知从何处探入走廊，阴暗因此略为缓解。两人踩着地毯上楼，脚步无声无息，那毯子破烂得即便是织毯机也要赌咒发誓非扔了它不可。毯子仿佛已经化作了一棵蔬菜，而后在这臭气烘烘、没有阳光滋养的地方退化成一摊繁茂的地衣或伸展的苔藓，东一片西一片地蔓延到楼梯上，一脚踩上去，就好像踩中了什么有机物一样黏糊糊的。楼梯每个转角处，墙上都有一个壁龛，空荡荡的什么都没有。当初也许还摆放过花花草草，不过即便是摆放过，那些花草恐怕早就死在这污浊肮脏的空气里了；又或许曾经供奉过圣人的塑像，但是不难想象，魑魅魍魉早就趁黑把圣像拖了出来，拉到罪孽的渊薮深处——楼下那些带了家具的陷阱里。

“就是这间，”房东从她那衬了皮草一般刺耳的喉咙里冒出这句话，“这间不错，空着的时候不多。去年夏天还有几位贵客在这儿住过——人家从来不惹事，总是一分钟也不差地提前交房租。自来水在走廊尽头。斯普罗尔斯和穆尼夫妇住了三个月。他俩演过轻歌舞剧。布蕾塔·斯普罗尔斯小姐兴许你也听说过，噢，那是她的艺名儿。就在那张梳妆台上边，原来他们的结婚证书就挂在那里，还有镜框呢。煤气在这儿，你瞧，这屋里壁橱也宽绰。这间房子人见人爱，就是空了也空不久。”

“有好多戏院的人住在您这儿吗？”小伙子问道。

“来来去去的吧，房客里很有一批人是在戏院里混的。对了，先生，这一带本来就是戏院的地盘，演戏的人从不驻扎在一个地方太久。我也占了一份儿。没错，他们都是来来去去地不定。”

他把房间订了下来，还提前给付了一周的租金。他说是因为很疲惫，愿意立即入住。他把钱点了出来。房东说，房子已经打点妥当了，就连毛巾和用水也齐备了。正当房东要离去的时候，小伙子挂在嘴边上问了上千遍的事又问了出来。

“有个年轻女孩子——姓瓦西纳的——全名叫艾洛伊丝·瓦西纳。您记得有过这么个房客吗？她多半是在舞台上唱歌的。那是个皮肤白皙、不高不矮、身姿窈窕的姑娘，金色的头发有点偏红色，左边的眉毛旁边长了颗黑痣。”

“不记得，我不记得有这么个名字。那些演艺界的人哪，换名字跟换房子一样频繁。来来去去地不定。不，我脑子里没有那么个人。”

不记得。从来都是不记得。五个月以来，无休无止地打听，却无一例外都是否定的答复。多少时间都花在了这事上，白天到各家经理、中介、学校、合唱团去探听消息；夜里到剧院的观众当中询问，上至全明星荟萃的上流剧院，下至低俗的演出场所，恶俗得简直让他生怕能从哪里找到自己最渴望的人儿。他是世上最钟情她的人，千方百计要找到她。他确信，从她离家出走之后，这座水流环绕的大城市就把她困在了什么地方。可是这座城市就如流沙怪兽，沙粒无时无刻都在迁移，站不住脚，今天还浮在表层，第二天就深埋在烂泥之下。

这间客房迎来了新一轮租客，满屋都洋溢着假情假意的友善气息，可是那病态的红晕、晦暗的容颜、敷衍的迎迓，真如娼妓脸上虚伪的甜笑。那圆滑的舒适感都从破败的家具、套在沙发和两把椅子上的破布一般的旧缎子外罩、两扇窗子之间那面只有一码宽的廉价壁间镜，从一两个镀金的相框还有角落里黄铜床架子上透露出来。

这位租客缓缓地倒进一把椅子里，而这间客房就好比巴别塔[1]上的一套单元房，虽然话也说不明白，却依旧竭尽全力把曾经下榻的各色租客们都说给他听。

地上一条混彩地毯的周围是尘土覆盖的席子，有如一个长方形的热带小岛，开满色泽鲜亮的花卉，四下里巨浪翻腾。墙面贴着色彩斑斓的墙纸，还挂着一些画作，描绘那些无家可归、挨门挨户地敲门渴求一隅的人——“胡格诺[2]情人”、“第一次争吵”、“婚礼的早餐”、“泉边心灵”。壁炉架前面偏偏歪歪斜斜地扯起一幅漂亮的帐幔，仿佛亚马孙地区的芭蕾舞中的腰带，让款式朴素而严谨的壁炉架失色不少。壁炉顶上孤零零地散落着一些零碎物品，那是曾经孤立无援的住客们乘着一叶幸运的风帆去往一个全新的码头时丢弃的杂物——有一两个廉价的花瓶、女演员的照片、一个药瓶，以及几张扑克牌。

这间客房里的故事有如一段又一段的密码越来越明白，曾

---

① 又译作巴贝塔、巴比伦塔，《圣经》创世纪第 11 章里记载当时人类联合兴建希望能够通天的高塔。上帝为了阻止人类的计划，让人类说不同的语言，使人类之间无法沟通，计划因此失败。

② 又可译作雨格诺派、休京诺派，是 16—18 世纪法国天主教徒对加尔文派教徒的称呼，该派长期遭受迫害。

经的租客遗下的些微痕迹也慢慢形成了一篇有意义的故事。梳妆台跟前铺设的地毯连毛都磨没了，说明曾经有可爱的女子蜂拥而来。墙壁上留下的指痕揭示了那些无足轻重的囚徒曾经努力地摸索着能碰触到阳光和空气的途径。那飞溅的水渍好比炸弹爆炸时的火花，它见证了一只杯子或者瓶子带着饮料一起甩到墙上的过程。壁间镜的镜面上被一柄玻璃刀歪歪扭扭地刻上了一个名字“玛丽”。看来，这间客房的一大群租客个个都怒气冲天——兴许就是被这间客房冷冰冰的俗丽恼得实在忍受不下去，把一腔怒火都倾泻在这个房间上。家具上有刀具划伤和磨损的痕迹；沙发的弹簧暴起使得沙发扭曲变形，仿佛一头正在惨遭屠杀的可怕的魔兽，在痛苦中抽搐着。有一次泄愤动作的威力比较大，连大理石壁炉架都被劈下去一大块。地板上没有一块木片是平的，自顾自地翘出一个独一无二的角度，连吱嘎作响都各自不同，仿佛彼此互不相干、各有各的痛苦。不可思议的是，所有这些怨怒和伤害居然都来自于那些曾几何时称之为自己家的人们；然而，也许就是这种在遭受欺骗之后仍盲目地不肯泯灭的恋家本能以及他们对虚假的护家神的厌弃真正点燃了他们的怒火。哪怕是一间小屋，只要是我们自己所有，总会打扫一番，好好装扮，珍之重之。

年轻的租客坐在椅子上，任由这些思绪轻手轻脚地列着队从心头掠过，这时有装模作样的声音和气息飘进屋子里。他听见一个房间里一时哧哧的窃笑，又一时毫无节制的、断断续续的大笑；别的房间里有的是一个人诅天骂地，有的是哗啦哗啦掷骰子的声音，有人在唱摇篮曲，还有人在闷声哭泣；楼上有一架班卓琴[①]在起劲地叮叮咚咚响。不知何处的房门咣当一声关上，隔一段时间就有空中城铁呼啸而过，后院外墙上有只猫在惨烈地嘶叫。他呼了一口这房子里的气息，感觉与其说是臭气，毋宁说是一种蒸腾的霉潮气，如同从地窖里散发出恶臭混合着油布的呛味儿，再配合上发了霉的朽木。

就在他休息的时候，屋子里蓦然间涌进浓烈的木犀草的甜香，仿佛是随着一股强风突然而至，气息是那么清晰可辨、悦人心脾，那种强势的来临真好比是来了一位访客。小伙子高声喊了起来："什么事？亲爱的？"好像听到有人在呼唤他似的，而后跃身而起，四下张望。那浓郁的甜香附上来，席卷他的全身。他展开双臂拥抱这香气，一霎时，各种感觉你中有我、我中有你，难以分辨。一种香味怎么可能呼唤人呢？必定是听到了什么声音。不过，难道这就是曾经给予他抚慰的那个声音吗？

"她肯定在这间屋子里住过。"他喊了起来，跳起身想从屋子里找出什么蛛丝马迹，他知道但凡曾经是为她所有，或者她曾经碰触过的东西，哪怕再微不足道，自己也必定能辨认出来。

① 又称五弦琴，琴身为圆形，有一个很长的琴颈和五条琴弦。班卓琴经常出现在拉格泰姆音乐、蓝调记忆传统爵士乐之中。

这萦绕的木犀花香是她挚爱的香气，从而成为她特有的体香，那么它是从哪儿来的?

这间屋子只是粗粗整理了一下。梳妆台上稀薄的一块桌布上散落着五六个发夹——是妇人爱用的饰品，不张扬，没什么特色，只看得出是女人的东西，但佩戴的人心情如何、当日是什么时代绝对看不出。他很清楚这些发卡其实没有任何个人特色，因此也没有在意。他把梳妆台的抽屉翻了个底朝天，找到一条人家不要了的小手绢，破布一般。他把手绢凑到鼻子边一闻，一股冲鼻子的天芥菜花的气味，于是甩手丢在地上。他又从另一个抽屉找到几颗零星的纽扣、一张剧院节目单、一张当铺老板的名片、两粒掉落在这里的棉花糖，还有一本解梦的书。在最后一个抽屉里摆着一枚女子用的黑缎发饰，让他一下子僵住了，一颗心仿佛置于冰与火两重天之间。不过一枚黑缎发饰也只是个寻常的装饰品，能显示女性的娴雅，但毫无个人特色，没有什么潜台词。

之后，他就像一条正在侦查的猎狗一样在屋子里翻检了起来，他扫视着四壁，四肢着地检视着那张处处隆起的席子的四角，把壁炉架和桌子、窗帘和门帘、角落里好比醉鬼一般摇摇欲坠的酒柜全都翻了一个遍，指望能寻到一个肉眼可见的痕迹。他还没有找到这个足以证明此时她和自己肩并肩、近在咫尺、互为倚靠，他把姑娘深藏心底、凌越自身，姑娘对他也是紧紧相依、切切相随，借由各种微妙的感官强烈地召唤着他，以至于即便是他的感官迟钝得多，还是能感悟到她的召唤。他又一次扬声应道："是我，亲爱的！"然后转身，眼神狂热，却只看到空荡荡的一片，因为他并没有在木犀香里分辨出任何形体、颜色、情感，抑或展开的怀抱。啊，上帝啊！那芳香究竟由何而来？又是从何时起香味也有了可以召唤的声音？于是，他又搜索起来。

所有的裂缝和墙角都被他掏了一遍，只寻到几个酒瓶木塞和香烟，这些他都没在意。可是在席子的一个褶儿里居然也窝着一根抽了半截的雪茄烟，他铁青着脸恨声骂了一句，提脚把它碾得稀烂。他从房间的一头到另一头筛了一遍，发现众多来往穿梭的租客们留下了不少没意思、不光彩的痕迹。只是，他正在苦苦寻找的姑娘却踪迹全无，她兴许曾经驻足于此，她的灵魂貌似还逡巡不去。

而后，他记起了女房东。

他冲出这个鬼气森森的房间，跑下楼来到一扇门前，门缝里透出一缕灯光。他一叩门，房东就出来了。他强自遏住激动的情绪。

"太太，能否请您告诉我，"他恳求着说，"在我之前谁住过那个房间？"

"行啊，先生。我可以再说一遍。我说过，以前住的是斯普罗尔斯和穆尼夫妇。布蕾塔·斯普罗尔斯小姐，在剧院做事儿，后来成了穆尼太太。我的房子体面，那是出了名的。他们的结婚证还镶了框，用钉子挂起来呢……”

“斯普罗尔斯小姐怎么样——我是说，看外表？”

“哎哟，先生，她长着黑头发，个不高、矬敦敦的，那脸蛋可滑稽了。一周以前俩人才搬走，是周二。”

“再往前算，有谁住过？”

“哎呀，那是个单身男人，干的是拉货的买卖。他走的时候还欠我一个星期的房租。在他以前是克劳德太太带着两个孩子，他们住了四个月；再往前算是多伊尔老先生，他儿子替他结的账。老爷子住了六个月。往前一年里就是这些人，再往以前我可记不得了。”

谢过了房东，他缓缓地回到了自己的房间。屋子里了无生机。原本给这里注入了生机的那一股馨香已然消散，木犀香已经无影无踪，只余发了霉的家具散发出沤了好久的老朽的气息。

希望有如潮水一般退去，他的信念也随之消沉。他坐在那儿，直勾勾地盯着煤气灯咝咝作响，发射出黄色的火光。过不多久，他走到床边，把床单撕成长条。他又用刀刃把布条塞进门窗附近的每一条缝隙。当所有的事都打理得干净利落之后，他关掉了煤气灯，然后重新把煤气阀打到最大，心满意足地躺倒在床上。

根据排序，今晚是麦克库尔太太带着罐子去打啤酒的日子。

她打了酒回来，和珀迪太太在一个地下休闲会所坐了下来，房东们在这里聚会，这里的蛀虫难得一死。

“三楼紧后面那间让我给租出去了，”珀迪太太透过酒杯里那圆溜溜的泡沫说道，“有个小伙子租下了这间房子。两个小时以前他就上楼去睡觉了。”

“是吗，真的啊，珀迪太太，妹子？”麦克库尔太太说，羡慕不已，“连那样的房子都租出去了，你可真了不起。那，你说没说那件事啊？”说最后一句的时候她声音沙哑着，话音低得简直像咬耳朵，满是神秘感。

“房子，”珀迪太太用她那衬了皮草一样刺耳已极的嗓音说，“装修好了就是为了租出去。我可没告诉他，麦克库尔太太。”

“可不是嘛，妹子；我们过日子就指望着出租房子。你做买卖真有一套，妹子。如果告诉人家这间屋子里有人自杀，就死在床上，不愿意租这个房间的人就海了去了。”

“这话不错，我们也得过日子啊。”珀迪太太应和着说。

“对，妹子，就是这么说。我帮你把三楼最后那间屋子收拾利落还不过是一个星期以前的事。多俊俏的小姑娘啊，居然开煤气自杀——那小模样真俏皮啊，珀迪妹子。”

“人人都说她好看，跟你说的一样，”珀迪太太赞同她的话，可又挑剔起来，“可惜左眼眉旁边长了一颗痣。再来一杯，麦克库尔太太。”

钻进钱眼的情人

比格斯特大商场里的柜员姑娘有三千人，梅茜正是其中之一。女孩儿家芳龄十八，现在男士手套柜台当售货员。她在这里认清了两种人——一种是亲自到百货商场买手套的男士们，另一种是为不幸已婚的男士买手套的女士们。梅茜不仅获得了这么广博的人类学知识，还得以了解到其他信息。其他 2999 个姑娘传播出来的至理名言她也都听到了耳朵里，还储存在自己那颗和马耳他猫[①]一样小心谨慎的脑袋里。莫不是老天早料到她日后找不到什么智者可以问策，于是在美貌之外还把机敏当成救命药搭配给她，这就好比老天把全天下的动物都难以望其项背的无价皮毛恩赐给银狐的时候，也配送了狡黠给它一样。

① 马耳他猫：一种蓝灰色短毛的家猫，原名俄罗斯蓝猫，有冬天的精灵之称。其走路像踮着脚尖，步态轻盈，仿佛小心谨慎的样子。

梅茜的美貌当真了得。她有一头金灿灿的秀发，碧莹莹的美目，神采有如一个妇人在窗内制作黄油蛋糕时的那份宁静祥和。在比格斯特大商场，她总是立在自己的柜台后面；当你伸出手让她用卷尺给你量尺寸的时候，心头一动，这不就是女神赫柏[①]；再看时，却又想，这姑娘怎么还长了一双密涅瓦[②]的眼睛。

逛商场的顾客瞧不见的时候，梅茜的嘴里总嚼着水果蜜饯；要是顾客向这边看过来了，她就仿佛在凝望着天上的云彩似的扬起脸，现出一朵沉思中的微笑。

那种微笑是女售货员的典型笑法。除非你心如铁石、口蜜腹剑，能像丘比特[③]一样游戏情场，否则奉劝你见到这种笑容还是躲远点。不过梅茜露出这种微笑的时候都是在不当班的时候，站在柜台里的时候从不这样。不过，顾客肯定也有自己的对策。在商场里他就是贪婪的夏洛克[④]。每当他抽着鼻子到处乱晃的时候，那只鼻子简直就变成了专找罚款的狗鼻子。不过，但凡瞧见一个俏丽的姑娘，那双眼就色眯眯地再也瞧不见别的什么了。

---

① 赫柏：古希腊神话中司青春的女神。

② 密涅瓦：罗马神话中的智慧女神，在古希腊神话中就是雅典娜。

③ 丘比特：罗马神话中的爱神，是爱与美神维纳斯和战神马尔斯的儿子，外形为肋生双翅、手持弓箭的可爱男孩形象。维纳斯掌管的是理性的爱，而丘比特掌管的是疯狂的、盲目的、不理性的爱，因此丘比特的图像往往是蒙着眼。

④ 夏洛克：莎士比亚名剧《威尼斯商人》中的反派角色，以吝啬贪财为特征，最后输掉了自己所有的资产和女儿的婚姻决定权。现代文学评论中对社会的批判更多，认为社会的苛刻与不公才是莎翁的揭露重心。

当然逛商场的顾客们也不是个个都这副德行。短短几天前，报纸上还刊登了一则一位年过八旬的老翁的韵事呢。

有一天，欧文·卡特因缘际会走进了比格斯特大商场，他能诗能画，爱旅游、爱汽车，家资百万。有必要说一句，这次居然来逛商店并非他本人的意思。当母亲大人在店里的青铜和赤陶的塑像制品中钻进钻出的时候，孝道就拎着他的脖领子，把他强拖了进来。

卡特闲逛着走到了手套柜台，想在那里消磨上几分钟。他是真的有心买一副手套，因为忘记随身带上一副。在手套柜台调戏姑娘的事儿他闻所未闻，因此也没有什么出格的举止。

当他走近命中注定的那个情劫时，他突然意识到，丘比特鲜为人知的一面就在他眼前，于是他脚步迟疑了。

这时节三四个一身行头叮当乱响、举止轻浮的小子趴在柜台上，拼命要把中号的手套套到手上，姑娘们咯咯地笑着，借这几秒钟的轻松时光跟那个领头的卖弄起风情来。卡特本该扭头就走，可是已经来不及了。梅茜眼含疑问，站在柜台里与他面面相觑，清冷的美目中泛起温暖的湛蓝色光芒，有如南半球的海面上漂浮着的冰山折射出夏日的艳阳。

于是，兼有画家、百万富翁等诸多身份的欧文·卡特感觉自己那张贵族特有的苍白面庞上，腾地一片火红。不过他脸红并非出于自卑，而是因为觉悟。他瞬时间意识到，这些半大小子正在追求柜台里咯咯发笑的姑娘们，而自己居然已经和他们为伍了。此时，他本人也好比一个操着伦敦土腔的丘比特斜倚着橡树幽会，盼着能得到卖手套的姑娘的芳心。这番做派并不比那几个名叫比尔、杰克、米奇的毛头小伙子高明多少。于是，他突然觉得这几个小伙子也并非让人忍无可忍，而且内心兴起一番大胆的冲动，对从小熏陶的传统礼仪嗤之以鼻，同时毫不迟疑地坚定了信念，坚决要把这个完美的尤物据为己有。

手套打好了包装，卡特买单后又逗留了一会儿。梅茜的樱唇边上的酒窝更深了。所有来这儿买手套的男士们个个都会逗留一会儿，人人都是这个样子。她弯起一只胳膊，像赛琪[①]的美妙的手臂就从衣袖中探了出来，而后还将胳膊肘支在展示柜的边上。

卡特从未遇到过自己无法完美掌控的场面。可是如今，他手足无措地站在那里，还不如那些名叫比尔、杰克或是米奇的毛头小伙子呢。他从不曾在社交场合与这位美妙的姑娘相识。他绞尽脑汁回想着都看过什么文章写到，或者听别人怎么谈论过商场女售货员的性情和习惯。到后来，他莫名其妙地生出这样一个念头：商场的姑娘们有时候并不是那么固守传统，必须

① 赛琪（Psyche）：丘比特的妻子，据说这位公主是三姐妹中最美丽的一个，却被姊妹所骗，在灯下偷看丘比特的容貌。丘比特一怒出走后，赛琪得维纳斯的指引要把一个盒子送给冥王，中途偷看成为睡尸。丘比特挽救了赛琪并原谅了她，众神将她封为女神。

经人介绍才能认识她们。一想到要用非传统的方式约会这位可爱无瑕的姑娘，卡特的心就怦怦作响，不过内心澎湃的激情赋予了他勇气。

他先是就一些常规话题友好地聊了几句，而后就把名片放在了柜台上，就放在她的手边。

“如果鄙人行事有些孟浪，”他说，“请您务必原谅好吗？虽则如此，我真诚地期待能有幸再次与您谋面。名片上有我的名字；请您俯允我成为您的……相知者，我保证此举乃是出自至诚敬意。不知能否获此殊荣？”

梅茜懂得男人的心理——尤其是来买手套的男人。她没有半分迟疑，眼含坦率的笑意望着他说道：

“有何不可。我觉得你的举止处处恰当。不过通常我不会和陌生男士约会。这种做派不怎么淑女。你打算哪天再见到我呢？”

“越早越好，”卡特说，“假如能得您允准，可以到登门造访的话，我将……”

梅茜笑了起来，笑声如诗如歌。“噢，老天，那哪儿行啊！”她断然拒绝了，“我们家的公寓你哪怕只看一眼，就再也待不下去了！三间屋子五个人住。要是我再带个男性朋友回去，肯定要看妈妈的脸色了。”

“那么，”已经坠入爱河的卡特说，“您觉得哪里方便就去哪里。”

“要说，”梅茜那张有如桃染的粉颊上露出一副好像得了好主意的表情，“星期四晚上我有空。七点半的时候你能到第八大道和第四十八大街的交叉路口吗？我的住处离那里不远。不过我必须在十一点钟之前回家。妈妈不准我十一点以后还待在外面。”卡特感激不已，保证准时赶到约会地点，而后连忙去接应自己的母亲。那时节，他的母亲正在到处找儿子，想让他给鉴定一下她要买的戴安娜①青铜塑像。

有个女售货员满眼都是亲近促狭的笑意朝梅茜晃了过来，她眼睛不大，鼻子也没有什么型。

“钓上一个凯子了，梅茜？”姑娘很不见外地问道。

“那位男士请求上门拜访。”梅茜一边将卡特的名片塞进怀里，一边洋洋得意地答道。

“请求上门拜访！”小眼睛的姑娘吃吃地笑着把这话重复了一遍，“那他是不是还说要去华尔道夫饭店②用餐，饭后再坐着他的车兜风？”

“噢，打住吧！”梅茜有些腻味地说道，“你素来好张扬这种好事，我可不愿意。自从那位消防队的水带车司机带你去炒杂碎的大排档吃了一顿以后，你就张扬起来了。他可没说吃饭，

① 古罗马神话中的月神和狩猎女神。

② 华尔道夫酒店：威廉·华尔道夫·埃斯特于1893年建成的大气豪华的酒店。

华尔道夫饭店提都没提；不过名片上的地址写着是在第五大道。即便他带我吃晚餐，我敢拿脑袋打赌，那餐馆里小二绝不是留着小辫儿的中国人。”

卡特开着电动小轿车载着自己的母亲缓缓驶离了比格斯特大商场，不禁用牙齿咬着下唇，一丝钝痛袭上心头。要知道在他二十九年的岁月中，这是生平第一次迎来了爱情。而他情之所钟的人居然如此轻易地允诺了要和他在街角约会，虽说这个约会是实现他的种种期待的第一步，可是也随之产生了些许不安，让他生出些惶恐来。

这位女售货员的底细卡特还不了解，她的家究竟是狭小得插不下脚，抑或是亲戚满门，所以住不下，他同样一无所知。也许，街角算是她的起居之所，公园算是她的客厅，大街是她后花园中的徒步小径；不过在这样的环境中她多半就是女主人，就仿佛我的爱人置身于美轮美奂的闺房里一般。

有天黄昏时分，距离头一次见面已经过去两个星期了，卡特和梅茜挎着胳膊双双来到一个灯光明灭的小公园。绿树浓荫的掩映之中、人迹罕至之处有一条长凳，两人坐了下来。

他生平第一次悄悄地环住了姑娘的身子；而她也把长满金亮秀发的螓首悠闲地枕在他的肩头。

“吁！”梅茜惬意地舒了口气，“从前你怎么从没想到过这事呢？”

“梅茜，”卡特发自内心地说，“我爱上了你，你肯定已经心知肚明。我诚心诚意地向你求婚。如今你已经对我有了足够的了解，无须疑虑。我渴望你，一定要得到你。至于咱们俩之间的差距，我全都无所谓。”

“差距在哪呢？”梅茜好奇地问道。

“要说，什么差距也没有，”卡特回应地很快，“唯有愚蠢的俗人才认为我们俩有差距。给你谋得奢华的生活是我的权利。我有毋庸置疑的社会地位和充裕的财富。”

“那些人个个都是这么说，”梅茜回应道，“这种话不过是他们骗你上当的。要我猜，你其实不过是在熟食店打工的小伙计，要不就是靠赌赛过活。我可不像外表看起来那么的青涩懵懂。”

“你想要什么证明我都能拿给你看，”卡特温情款款地说，“我想拥有你，梅茜。我对你是一见钟情。”

“那些人个个都这么说，”梅茜一边说，一边顽皮地笑起来，“至少他们嘴上都是这么说的。要是遇到有个人居然第三次见面才爱上我，估计我也就栽在他手里了。”

“千万别这么说，”卡特恳求道，“听我说，亲爱的。从我看到你的双眸的那一刻起，我心里就只余你一个女子了。”

“噢，你不会是哄我吧！”梅茜笑着说，“这话你都跟多少个姑娘说过了？”

虽然她不信，卡特还是一直说。到后来，这位售货员姑娘可爱的心怀深处潜藏着的脆弱地轻颤着的那点情愫终于被触动了。

甜言蜜语戳中了她的内心，原本她的内心毫无负担，那是她维护自我的最坚固的防线。她抬眼看着对方，一团温情的喜色印上了她清凉的双靥。她有如一只飞蛾颤抖着、笨拙地收拢了双翅，仿佛马上就要在这朵爱情之花上安营扎寨了。心中闪耀的点点渴望，以及对柜台之外的生活有可能遇到的诸多向往有如晨曦的微光点亮了她的心。卡特感觉到她的情绪发生了变化，赶紧抓住这个契机。

“嫁给我吧，梅茜，”他温言软语地说，“我们俩可以远远地抛开这座丑陋的城市，去明媚如画的城市生活。把工作和生意通通忘掉，生活将成为一段漫漫假日。我知道该带你去什么地方——我曾经频繁地去那里漫游。想想看，四季如夏的海岸，涟涟清波无时无刻地拍打着可爱的沙滩，开心的人群有如孩童一般自由自在。我们可以乘帆船走遍那些海岸，愿意待多久就待多久，都随你的心。就在这些遥远的城市之中，有一座城市里矗立着金碧辉煌的宫殿和楼阁，里面有悦目的画作和雕像。城市中全部是水道，居民出门时得……”

“我晓得，”梅茜突然坐直了身子说，“得乘贡多拉[①]。”

---

① 贡多拉特指威尼斯的凤尾船。

“说的对。”卡特笑了。

“我之前料到了。”梅茜说。

“之后，”卡特接着说，“我们就踏上旅途，想看什么就去看什么。踏遍欧洲的城市之后，我们就去印度，去拜访当地那些古老的城市，我们可以骑上大象看尽印度教徒的伟岸庙宇和婆罗门的奇妙神殿、日本的园林、波斯的骆驼队和马车大赛，国门之外的奇妙景色都要赏一赏。想想看，难道你不喜欢吗，梅茜？”

梅茜站起身来。

“我看最好还是回家吧，”她冷淡地说，“时候已经不早啦。”

卡特都顺着她的意思。他已经对姑娘那瞬息万变的情绪有所了解，也明白和这样的情绪拗着来是没有意义的。不过，他心里还是多少有些胜利的喜悦，毕竟曾经在一息之间他抓住了这位野性难驯的赛琪的心，虽说牵住的那点心思真是纤细如丝，只是内心更坚定了必胜的希望。她曾有一次合起了她的羽翼，将她的手轻轻地抚在了他的手上。

第二天到了比格斯特大商场里，梅茜的闺蜜露露在柜台的一角拦住了她。

“你和你那位张扬的朋友走得怎么样了？”露露问。

“哦，那个人啊？”梅茜一边拍了拍鬓边的卷发，一边说，“我这已经没他这一号了。说起来，露露，你知道那个家伙想叫我干什么吗？”

“上台演戏？”露露屏息静气地猜道。

“哪里，他哪有那么上档次。他居然要我嫁给他，然后到科尼岛去度蜜月！”

回合之间

时值五月，月上中天，银辉闪耀，映照着墨菲太太经营的寄宿公寓。若是翻翻年鉴，你肯定会发现有好大一片广袤的疆土上洒落着同样的月光。春天正值青葱花季，过不久花粉热就要放肆起来了。公园里新叶萌生，绿意朦胧，从西部和南部来上货的商贾遍布其间。姹紫嫣红吹起熏风，而推介避暑胜地的经理们也吹嘘着自己的买卖；吹向罗森[①]的空气日渐和煦，而给罗森旅行社的回话措辞也越发温和；处处可闻手风琴的演奏，处处可见喷泉在喷涌，处处都有人在用扑克牌玩匹诺克尔牌戏。

墨菲太太寄宿公寓的窗户大敞四开着。门前高高的石阶上坐着一群寓居的房客，屁股底下垫着德式煎饼一样的扁平圆形

---

① Lawson：根据上下文，罗森应当是地名，一个避暑胜地的名称，据查在美国、加拿大、澳大利亚等国都有劳森这个地名，其中美国的罗森位于密苏里州克莱郡。

草垫子。

在二楼面向楼前的一扇窗户里，麦卡斯基太太正候在窗内等着丈夫回来。晚饭放在桌上，快要凉了，饭菜的那点热乎气儿都浸入了麦卡斯基太太的身体里。

九点钟，麦卡斯基先生终于回来了，外套挽在手臂上，烟斗咬在齿间。他在石阶上的房客之间给自己那双 9 号 D 版大鞋寻找着落脚点，毕竟打扰了人家他不住地道歉。

房门开处一个意外惊喜迎面而来。往日里迎接他的不是煤炉盖，就是捣土豆用的木杵，而今天居然只听到几个字。

麦卡斯基先生心想，估计是五月的月光太温柔，连娇妻的心也温存了几分。

“你说的话我已经听见了，”取代了厨具来迎接的是这句话，“哪怕是粗手笨脚地踩到街上鬼混的小瘪三的衣角，你都肯赔不是。可自己的老伴儿脖子抻得好比晾衣服的绳子那么长，盼着你回来，你就算踩上了她的脖子也不肯讨饶地说句‘饶了我吧’。我敢说，你在外面大风地里又泡了这么久，把饭菜都生生等凉了，肯定是又跟每周六晚上一样跑到加拉格尔家的小酒馆灌猫尿，把薪水都灌没了才想得起有东西要买，今天收煤气费的人又来两回催账了。”

“老娘们！”麦卡斯基先生把外套和帽子往一把椅子里一甩，说道，“你瞎吵吵个啥，吵得我哪有胃口吃饭。你胡搅蛮缠的时候就跟吃了枪药似的，社会的基本公德都是让你给毁的。要是女士们挡着你的道了，从人家中间穿过去的时候问一声，看人家是不是方便让个路，那都是男士应当应分的。能不能别把你那张蠢猪脸对着外面，赶紧做饭去？”

麦卡斯基太太重手重脚地起了身，走到灶台那边。她举手投足之间的怪异让麦卡斯基先生起了戒备之心。然后她的嘴角突如其来地向下一撇，就好比晴雨计的指针突然往下一沉，这个动作往往预示着锅碗瓢勺之类的东西就要劈头盖脸地扔过来了。

“我的蠢猪脸，是吗？”麦卡斯基太太说着说着，抡起满满一锅萝卜炖熏肉朝自己的丈夫扔了过去。

在随机应变方面麦卡斯基先生绝对不青嫩。开胃小菜之后紧跟着是什么他很清楚。桌上摆着一盘配着酢浆草的烤猪里脊。他抄起这盘肉还击了回去，于是又招来一碟子面包布丁作为回敬。做丈夫的一大块瑞士奶酪稳稳击中麦卡斯基太太的一只眼睛的下眼睑。当太太目标明确地将满满一壶香味不浓的、滚烫黑咖啡回敬过去的时候，若是照上菜的程序来说，这顿饭菜算是上齐了。

不过麦卡斯基先生可不是那种吃五毛钱套餐盒饭的人。那些不值钱的波希米亚人要拿喝上咖啡就算吃完饭的话，就由着他们去吧。那些人不懂规矩就随他们去吧。麦卡斯基先生比他们有脑筋。饭后还要上一碗水清洁手指，这事他可不是没经历过。墨菲寄宿公寓虽然不可能备着这种玩意儿，可是它们的代用品就在手边。他有如得胜将军一般扬起一只搪瓷脸盆，照准老对头的脑袋抡了过去。而麦卡斯基太太及时闪避开来，一伸手够着一只烙铁，打算把它当作饭后的甜露酒，但愿这场美味对决能到此为止。可是这时节一声尖厉的哀号从楼下传来，听得麦卡斯基夫妇之间的内战暂且告一段落。

这座房子的一角贴着人行道，警察克莱利正站在道上，竖起一只耳朵，只听得各种家伙事儿叮叮咣咣作响。

“约翰·麦卡斯基这是又跟他婆娘干架了。”这位警察心下暗想，“也不知该不该上楼去拦一拦？还是别去了。人家是两口子，也没有什么事可以开开心。反正打也打不久。真格的，要是接着打就得找别人家多借几个碟子碗什么的。”

正当此时，楼下传来那声尖厉的惨叫，莫非是什么恐怖的事，或者什么非常情况。“多半是猫叫吧。”警察克莱利一边说，一边行色匆匆地向反方向走了。

石阶上的房客们都坐立不安起来。图米先生进屋去打探这声惨叫的来由，这位生来就在保险公司做中介，专职包打听。等他回来大家才得知，是墨菲太太的幼子迈克失踪了。墨菲太太紧随着传信的人蹿了出来——两百磅的庞大身躯此时泪雨滂沱、歇斯底里，举起双手向天哀号着，那个只有三十磅重的雀斑点点的小捣蛋鬼怎么不见了。要说这番动作有点矫揉造作，还真是；不过图米先生和卖女帽的珀迪小姐还是充满了怜悯，俩人并肩坐在一起，满心同情地彼此握住对方的手。那两位姓沃尔什的老姑娘平日里整天抱怨走道上吵吵嚷嚷，这时候也立刻去询问钟表的后面有谁去找过没有。

格里格少校原本和胖太太坐在石阶最上面一级，这时站起身来，把大衣的扣子都扣好。“小家伙不见了吗？”他喊起来，“我在城区里搜查一下。”太太向来不肯让他在天黑之后出门的，如今却道：“去吧，卢多维克！”她的嗓音简直像是男中音，“无论谁瞧见那位当妈的伤心成这个样子，居然不赶紧替她想法解忧，那就是铁石心肠了。”“亲爱的，给我三毛——要不就给六毛钱吧，”少校说，“有时候孩子迷路之后跑得好远，也许我得花点车钱。”

有个老先生名叫丹尼，住在四楼阴面由走道改的屋子里，这时坐在石阶最下面的一级，正借着街灯的亮光在看报纸。他翻了一页，继续看那篇有关木匠罢工的报道。墨菲太太冲着月亮尖声叫着：“噷，我们的迈克呀，瞧在上天的分儿上呀，我的小心肝儿你跑哪儿去了？”

“最后一次瞧见孩子是什么时候？”老丹尼一边问，一边用眼角的余光看着建筑行会的报告。

“噢，”墨菲太太恸哭起来，“我也记不得是昨天，还是四个钟头以前了。反正是不见了，我的小儿子迈克。今天早晨他还在人行道上玩儿——也许是星期三的时候？我一直忙着干活，哪里还记得住具体的日子。可是满屋子上上下下从房顶到地窖我都翻了一个底朝天，哪儿都没瞧见他。噢，瞧在上天的分儿上——”

这座大城市一片死寂、惨无人道、硕大无朋，挺得住人们对它的所有非议。人们都说，这座城市真好比铁石一般冷硬，丝毫怜悯之心都没有，横街竖巷都被比作荒无人烟的丛林和岩浆过后的荒漠。不过，龙虾的硬壳里还能找到香甜可口的肉可以入口。或许换个说辞来比喻会更形象一点儿。不过，反正谁也不至于见怪。一只大虾若是爪子不够数儿，我们绝不会把它称作龙虾。

什么样的天灾人祸也不及丢小孩这样的事能激发大家的人情味儿。孩子们腿嫩脚软，可世上的路处处艰险。

格里格少校紧赶慢赶地转过街角，沿着大街步入比利开的酒家。“给我上一杯黑麦威士忌苏打[1]。”他对酒保说，“你在附近是不是见过一个迷了路的小鬼，六岁大、罗圈腿、脸上不干净，见过吗？”

图米先生坐在石阶上，手里还攥着珀迪小姐的手没有松开。

---

① 威士忌苏打：最受欢迎的鸡尾酒之一，别称高波酒，用威士忌45毫升，配合适量苏打水。大多是用美国威士忌调和，而苏格兰威士忌一般不兑水。

“想想看，那么一个小娇娃，”珀迪小姐说，“不在妈妈身边——恐怕已经倒在奔马的铁蹄之下——噢，吓死人了！”

“这话说得没错！”图米先生随声附和着，紧紧攥住了她的手，“要说，我是不是该出门帮着找找呢？”

“恐怕，”珀迪小姐说，“还是帮个忙的好。不过啊，图米先生，你如此闯劲十足——还如此不顾一切——万一因为这副热心肠出了什么意外，那我——”

老丹尼翘起一根手指捋着一行一行的文字在继续读报，这篇是有关仲裁协议的。

住在二楼阳面房间里的麦卡斯基夫妇跑到窗边来换换气。这时，麦卡斯基先生勾起食指要把漏进背心里的红萝卜抠出来，而他太太正在揉眼睛，因为那盘烤猪肉上撒的细盐迷了她的眼，可没给她好果子吃。正当此时，夫妻俩耳闻一片喧哗声自楼下传来，于是脑袋猛地探出窗外。

“是小迈克丢了，”麦卡斯基太太悄声说道，“那个长相俏皮、天使一般的小淘气！”

“居然是那个小家伙走丢了？”麦卡斯基先生一边问，一边探出窗外，“怎么说，这个时候可不得了。孩子和大人可不一样。要是丢了一个女人我才称心呢，因为女人一去天下太平。”

麦卡斯基太太没有理会丈夫的奚落，反而握住了丈夫的胳臂。

“约翰，”她伤感地说道，“墨菲太太的小儿子丢了。这么大的一座城市，小孩子难免要迷路。刚刚六岁的孩子。约翰，六年前要是咱俩也生一个，如今孩子也有这么大了。”

“咱俩一个都没生过。”麦卡斯基先生拘泥在事实本身。

“可是假使当初咱俩生过的话，约翰，咱家的小菲伦跑出去，大半夜的在城里迷了路，哪儿都找不到，想想看咱们心里得伤心成什么样啊。”

“你这都是蠢话。”麦卡斯基先生说，“那孩子应该起名叫派特，他得随我那住在坎特里姆的老爹的名字起名。”

“说瞎话呢！”麦卡斯基太太的话音里并没有什么怨气，“有我哥哥一个，就足以顶得上姓麦卡斯基的泥腿子一百个。给孩子起名一定得随着我哥哥起名。”她从窗台上探出身去，俯瞰着楼下熙熙攘攘一片纷乱。

“约翰，”麦卡斯基太太柔和地说道，“真抱歉刚才对你的态度太急躁了。”

“你说得不错，”做丈夫的说道，“刚才那一顿急躁布丁、仓促萝卜，加上滚蛋咖啡，真能称之为一套快餐了，这话可真不是瞎说。”

麦卡斯基太太的胳膊出溜一下挽住了丈夫的胳臂，合拢了双手捧住丈夫那只粗糙的手掌。“你听听，墨菲太太哭得多可怜，”她说，“那么小的伢子居然在这么个大城市里走丢了，多糟糕啊。

若是我们的小菲伦遇上这事，约翰，我就得肝肠寸断。”

麦卡斯基先生尴尬地抽回了自己的手，却又把手扶住了太太靠近自己的那只肩膀。

“这话说得真傻，不过也是，”他粗鲁地说，“假如我们的小派特遭遇了绑架之类的倒霉事，我情愿是自己被人千刀万剐。可是咱们俩一个孩子也没有。有时候我对你的态度太恶劣、太生硬了，朱迪。别记我的仇儿。”

两个人相互依偎着，俯瞰着楼下上演的爱心大剧。

两个人保持着这个姿势坐了良久。人潮沿着人行道涌来，群集在一处问询消息，形形色色的谣言和不合逻辑的猜度满天飞。墨菲太太好比一只犁耙在耕作人潮之中钻出钻入，又好比一坨肉丘，泪雨滂沱、稀里哗啦作响。送信的进进出出。

寄宿公寓门前噪声大作，又是一声号叫轰轰响起。

“又怎么了，朱迪？”麦卡斯基先生问道。

“是墨菲太太的声音。”麦卡斯基太太听了听，又说，“她说小迈克找到了，她屋里床底下有一卷油布，孩子在油布卷的后面睡着了。”

麦卡斯基先生哈哈大笑。

“那是你家菲伦。”他大声地冷嘲热讽起来，“派特要是也要这种把戏那得多冒失。咱们那个从来没生出来的孩子，就听你的权且叫他菲伦好啦，要是他走丢了、让人偷走了，你瞧他准得像一条满身癞痢的小狗似的躲在床底下。”

麦卡斯基太太猛然站起身，朝碗柜走去，嘴角儿全都耷拉了下来。

待到人群四散开来，警察克莱利才绕过墙角走回来。他朝着麦卡斯基家住的那间屋子竖起耳朵听了听，屋里五金件和瓷器碰撞碎裂的声音，厨具投掷出去的叮当乱响貌似和之前没有什么两样，心里好生纳闷。警察克莱利把怀表拿了出来。

“这狗东西！”他叫了起来，“算算时间，约翰·麦卡斯基和他的太太对打已经打了一小时零十五分钟了。太太的体重超出先生四十磅，但愿他的胳膊再添点力气。”

警察克莱利闲庭漫步一般绕过了街角往回走。

看到墨菲太太预备锁上大门宵禁了，丹尼老头赶紧折好报纸，快步迈上台阶。

西部的心

O Henry

美国西部在地理定义上包括加利福尼亚、俄勒冈、内华达等十一个州，西部的意象往往是广袤的草场、纵马驰骋的红番与牛仔、套马索和匕首、打群架、热辣辣的酒、直白冲人的骂骂咧咧，真汉子的气息浓重而张扬。作者显然是热爱西部的，它几乎成为城市主题的对立面，所幸者，欧·亨利不肯从俗，他笔下的西部没有被模式化。

《索利托牧场的许革亚》旧译多作《索利托牧场卫生学》，也不算错。译者认为欧美作品中无处不皴染着欧洲两个文明源流的痕迹——古希腊、古罗马神话和犹太教、基督教文明，因此许革亚的神话元素是不能忽视的。她是神话中的健康女神，而女神的形象往往更多代表着爱、包容和原谅。这篇故事的主体情节恰好是治愈一个垂危病人，所以译者认为译为《索利托牧场的许革亚》更契合小说内涵中隐含的文化因素和暗示，篇名有如伏线千里，和故事的末尾遥相映照。

文中力挽狂澜的良药是土地，当然还有把他带回牧场的牧场主雷德勒。后者的博爱是西部故事的典型代表，但作者又增加了一个要素，就是自然的治愈力。土地是古代西方哲学中四大要素（地、火、水、风）之一，因此也是自然的代表。当人类死亡时要埋葬于土地之中，中西方文明中都有这样的理解，埋葬意味着回归和重生的开始。因此当城市生活的纷繁压力与恶疾将麦圭尔击倒后，大自然和西部人的博爱又赋予他新生，而且他的战斗力依旧，这是他的生命力的象征，也是作为职业人才的骄傲的基点。

《红发酋长的赎金》更像是一个闹剧，两个绑架勒索的恶贼不得不倒贴孩子的父亲才能脱身。其间双方的斗智斗勇充分说明了孩子的战斗力，一个憧憬着成为印第安勇士的孩子满怀都是战争梦想，试想那过路的临时绑匪怎么能斗得过他。所有的男孩子都对战斗、刀剑、火器、骑射怀有梦想，或许这也是作者的内心冲动。所以可否这样理解，被绑架的男孩子代表了西部的活力，他宁可在山间与绑匪游戏，也不愿意回到城镇里做乖孩子，这种叛逆性恰恰隐喻着美国精神。从这个意义上说，作者对西部生活怀有无限的向往。而且作者在景物描写的瞬间也会透露出对宁静的田园的渴望，“视线所及之处只有平和静好的山山水水，其间只有一个人驾着一匹青骡在耕田。”

《公主与美洲狮》绝不能简单地解读为青葱小伙儿找碴儿搭讪姑娘的故事。再读一遍题目，是不是有《美女与野兽》的既视感？力与柔、爱与征服的矛盾并存，是西部故事的另一种范式。作者的设计充满了戏谑，美洲狮成了道具，一出镜就被一枪撂倒，所谓力和征服几乎瞬间土崩瓦解，而柔美有爱的代表人物玥瑟珐·奥唐奈则不仅是征服了美洲狮的女汉子，还是窥破了春心萌动的小伙子瑞普利·吉文斯的谎言的女智者，于是成为有勇有谋的西部女青年代表。反观城市为背景的故事里，女性形象大多柔弱、贫困，对爱情忠贞但缺乏应对谋略，因此美丽的西部女神更能赢得读者的敬佩和喜爱。

公主与美洲狮

故事里必然少不了国王和王后这两个角色。这段故事里的国王是个吓人的老头子，腰里别着几支手枪，个个配六发子弹，靴子上还带着马刺。他一声大吼声震八荒，草原上的响尾蛇听到了也会唬溜躲进刺梨树下的蛇洞。在他还没有建立王室以前，人家把他称作“说悄悄话的本恩”。待到他富有五万英亩的疆土、牛头攒动无法计数的时候，人家便改口尊称他为“万牛之王”奥唐奈。

王后出身于拉雷多[①]城，是位墨西哥姑娘。她性情温存，是个科罗拉多－克拉罗雪茄型[②]的好妻子，她甚至成功地说服了本恩，要他在室内的时候务必调整一下音量，免得把碟子都震碎。本恩即将称王还没有当上的时候，她还坐在埃斯匹诺萨牧

① 拉雷多：美国得克萨斯州南部城市、河港，位于美国、墨西哥的边境格兰德河北岸，对岸为墨西哥的新拉雷多城。

② Colorado-claro 这个说法有些戏谑，这是一种别有风味、色淡味薄的雪茄烟。

场的回廊上编织草垫。到后来，财富纷至沓来、简直让人头疼，连软垫椅子和大圆桌都要用马车从圣安东尼运来的时候，她只好垂下头颅，披着那一头润泽的乌发，和达娜厄[1]共命运了。

在此先行介绍了国王和王后是为了免得冒犯君主的龙威。其实这段故事中并没有他们的戏份儿；我们的故事兴许可以起名叫作“公主、开心思想和一团糟的狮子大事记”。

玥瑟珐·奥唐奈[2]是父母生育的孩子中硕果仅存的一个，是位公主。她性情温婉、肤色黝黑，富于亚热带风情，这都是从母亲那里继承的美好。她胆略过人、见多识广、具有驭下之能，这都是从父王本恩·奥唐奈那儿获得的本领。如此一个才貌双全的佳人真是值得人家千山万水地来见识见识。在一根绳子末端摇摇晃晃地吊上一个西红柿罐头，而后玥瑟珐纵马射击，六发子弹中总能击中五发。她跟自己养的一只白色小猫一玩儿就是几个小时，给它穿上各式各样可笑的衣服。一千五百四十五头两岁的小牛不宰杀的话，每头价值八块五毛钱，总共可以卖

① 达娜厄：Argos 国王之女，珀尔修斯之母。达娜厄是希腊神话中阿尔戈斯王阿克里西俄斯与欧律狄克的女儿。一条神谕曾经警告她的父亲：达娜厄的儿子将会谋杀他。国王为避免自己的不幸，命人造了一座铜塔，将女儿达娜厄关进塔内，门口由凶狠的恶犬把守，达娜厄内心痛苦极深。天神宙斯经过，爱上了达娜厄，他化身成金雨水，水滴通过屋顶渗入屋内，落在达娜厄的膝盖上。达娜厄为宙斯生下了珀尔修斯。

② Josefa 是一个不分男女的名字，为了和主人公的性别相应，本故事没有按照常规的姓名译名。

多少钱，这种小题她转转脑筋就能报出数来，用铅笔来算的话还笑死她了。埃斯匹诺萨牧场的占地面积约莫四十英里长、三十英里宽——不过这片土地大多是租来的。玥瑟珐早已策马踏遍了牧场的每一分土地。牧场里能瞧见她的牛仔个个都认识她，人人都效忠她。瑞普利·吉文斯是埃斯匹诺萨牧场里一个牛仔队的头目，对她一见钟情，打定主意要同皇室联姻。这算不算冒昧呢？还真说不上。那时候，纽埃西斯河畔[①]的汉子就是真汉子。再说回来，万牛之王的名号终归说不上代表着王室血统。通常而言，头戴这么一顶冠冕顶多说明此人在偷牛方面手段非凡。

这一天，瑞普利·吉文斯策马直奔双榆牧场而去，有一群牛犊子不见了，他得去探听一番。往回转的时候已然不早了，于是堪堪行至纽埃西斯河的白马渡口，已经是夕阳西下。渡口距离他自己的营帐十六英里之遥，而距离埃斯匹诺萨牧场也有十二英里之远。吉文斯疲乏之际，决定权且在渡口过一宿。

河床上有一洼水，水质清冽。河道两岸上巨木森森，树下则满是灌木。距离水洼五十码之外是一片草地，满是藤蔓卷曲的豆科植物——于是座下马匹的晚饭有了着落，他本人的卧榻也有了着落。吉文斯把马拴在树上，展开鞍毯，去去湿气。他背靠着大树坐了下来，卷了一支纸烟。沿河的那片密林中突如

① 纽埃西斯河：美国得克萨斯州境内的一条河，向东南流入莫斯哥湾。

其来地传来一声惊心动魄的怒吼。系着缰绳的小马惊跳了起来，喷着响鼻，透露出内心的恐惧。吉文斯“噗”地吞吐着香烟，信手从草地上把枪套皮带拿了过来，转了转子弹缸试试。一条大雀鳝腾起身跃入水洼，溅起好大一声水响。一只棕色的小兔子蹦蹦跳跳地绕过一丛猫爪草，胡子抽搐着蹲坐下来，滑稽地瞅着吉文斯。小马接着吃草。

当一头墨西哥狮子在夕阳西下的时候来到干涸的沟壑旁边唱起女高音，适当提防一点还是应该的。那一曲的内涵只怕是在说：嫩牛肥羊，难得一见；欲求血肉，与君亲近。

一瓶水果罐头只余一个空罐子摊在草丛里，是当初有过路的人扔在那儿的。吉文斯一眼就看到了它，不禁惬意地“嗯”了一声。他的外套就绑在马鞍的后面，口袋里装着一两把碎咖啡豆。黑咖啡加香烟！在牧场里谋生的人有了这两样东西，还图什么呢？

不出两分钟，他就生起一小堆火，火苗清清楚楚地燎着了。他拿着罐头瓶朝水洼走去。走到离水洼不足十五码的距离时，他发现自己的左边不远处的灌木丛中，有一匹配了横坐女鞍的小马在啃草，缰绳低垂下来。而四肢着地趴在水洼边、这时爬起身来的正是玥瑟珐·奥唐奈。她刚才喝了水，这时正在拂拭掌心的泥沙。吉文斯还看到在姑娘的右边十码远的荆棘丛中，蜷伏着一头墨西哥狮子，它的身形掩映在荆棘丛里。琥珀色的狮目中闪耀着饥渴的光芒，从双眼到尾巴尖总共六英尺，此时那尾巴尖笔直地伸展着，好像猎狗在捕猎之前一样。它后半截身子一颠一颠地，那是猫科动物在起跳前的准备动作。

吉文斯的反应已经是竭尽了所能。他的六弹手枪远在三十五码之外的草地上。于是他高声断喝，一个箭步跳到狮子和公主之间。

这场“摇滚舞会”——事后吉文斯是这么说的——转瞬间就结束了，现场有点混乱。就在他冲到对阵的战线上时，却见空中划过一道模糊的身影，耳际隐约听到“当当”两响。紧接着，一百多磅重的墨西哥狮子“扑通”一声砸到他头顶上，把他猛地砸倒在地。他还记得自己大声叫了起来：“让我起来，赶紧的——你敢使诈！”喊完了才像一条蠕虫似的从狮子的身下扭动着出来，烂草泥土塞了一嘴，脑后还鼓着一个大包，那是倒在一棵水榆树根上的时候磕出来的。然而狮子趴在地上纹丝不动。吉文斯满腹的委屈，怀疑狮子违反了规则，于是对狮子晃了晃拳头，吼着：“我跟你再来二十回合——”说完他就晃过神来。

玥瑟珐还站在自己来时的路上没有动，平心静气地给自己那把镶银把柄的三八口径手枪填充子弹。刚才开的这一枪根本没有难度。一颗狮子脑袋跟绳子上晃悠着的西红柿罐头相比，更容易瞄准。她那朱唇和黑眸之间含着一丝戏弄的、令人恼火的笑意。这位险些救了美的英雄只觉得这番挫败好比一团烈火简直要把自己的灵魂都烧成灰了。今天原本是他的良机，梦寐以求的良机啊；怎知把握他命运的居然是万事挑剔的莫摩斯[①]，而不是爱神丘比特。而从林里的森林之神萨蒂尔[②]肯定在捧着肚子、无声地狂笑。刚才这一幕简直跟杂耍一样——应当说是吉文斯阁下伙同一头放荡可笑、脑满肠肥的狮子演了一出闹剧。

“是你吗，吉文斯先生？”玥瑟玹说，声音如低吟浅唱，甜腻而做作，“你的那一声大吼险些害得我打偏。摔了这么一下是不是伤着脑袋了？”

“哦，没事，”吉文斯心平气静地说，“没怎么着。”他含羞忍辱地弯下腰，从狮子胸膛下面把自己那顶斯特森帽子揪了出来，这可是他最拿得出手的一顶帽子了，而今却被压得又扁又皱，简直富于喜剧效果。紧接着，他跪倒在地，轻手轻脚地抚摩着已经丢了性命的狮子那颗头颅，狮子嘴巴大张着，吓死个人。

“可怜的老比尔！”他痛心地号哭起来。

“怎么了？”玥瑟玹声音尖厉地问道。

“不消说，您原本也不知情，玥瑟玹小姐，”吉文斯说，脸上扮出一副尽量克制住伤悲、宽宏大量的样子，“这事也怪

① Momus：嘲弄之神或非难之神莫摩斯，又引申为挑剌的人。

② Satyr：萨蒂尔，半人半兽的森林之神，好色之徒。

不着您。我原本想救它一命，却还是没能及时说清原委。”

“救谁一命？”

“怎么说呢，就是比尔呗。这一整天我都在找它。要明白，这两年我们营地一直养着它。可怜的老家伙，哪怕是白尾灰兔它都不曾伤过。要是营地里的小伙子们听说了这个噩耗，肯定心都碎了。不过您肯定是没法分辨出来，比尔其实就想跟您闹着玩儿。”

玥瑟琺那黝黑的双眸如灼烧的火焰一般炙烤着他。瑞普利·吉文斯还是成功地挺住了这烈火的考验。他挺立在那里，愁肠百转地揉乱了自己那一头黄褐色卷发。他的眼神里满是悔恨，可又不是一丁点责怪的意味都没有。起伏平滑的五官定格成一副理直气壮的哀怨表情。玥瑟琺心下惴惴起来。

“既是你们的宠物，它跑到这儿来干吗？”她问起来，还想最后挣扎一番，“白马渡口周围哪来的营地。”

“这个赖皮鬼昨天蹿出营地了。”吉文斯胸有成竹地说，“它居然没有被丛林狼吓坏还真是不可思议。您瞧，在我们营地里管马的吉姆·韦伯斯特上礼拜找来一头小猎狗放在营地里。有了这只小狗，比尔的日子就不妙了——小狗曾经接连好几个钟头紧追着比尔，咬它的后腿。每晚入夜的时候，该睡觉了，比尔就得钻进一个小伙子的毯子里，免得小狗找到它。要我猜，它肯定是无可奈何了，否则哪里会逃跑呢。以前它要是瞧不见我们的营帐就胆战心惊的。”

玥瑟珐瞅了瞅那头猛兽的尸身。吉文斯轻柔地拍了拍狮子的一只狰狞的爪子，这只爪子要是挥出去，只一掌就能宰了一头小牛犊。姑娘的脸色本是深橄榄色的，此时也浮起了红晕，慢慢荡漾开来。这是否意味着这位名副其实的猎人居然撂倒了让自己不光彩的猎物时，心中羞愧呢？她的眼神愈发柔和了，眼帘也低垂下来，之前眼中那些明晃晃的讥讽神色一扫而空。

“真是对不住，”她低声下气地说，“可是它块头好大，一蹦老高，所以——”

“可怜的老比尔肚子饿啦，”吉文斯赶紧替逝者辩护说，“在我们的营地里，给它喂食的时候总是要它蹦一蹦。为了吃上一块肉，它还肯躺在地下打滚呢。它见到您的时候肯定是以为能从您这儿求点吃的东西呢。”

蓦然间，玥瑟珐大瞪起双眼。

“刚才我险些伤到你！”她喊出了声，“你刚才跑到了我和狮子之间。你居然肯冒着生命危险来救宠物的性命！你的心眼儿真好，吉文斯先生。善待动物的男人我喜欢。”

此话不虚；如今她凝视的双眸中甚至染上了深情。总之，一段虎头蛇尾的救美故事最终出现了英雄形象。只看吉文斯的表情，就准保能让他在“保护动物协会”里占据一个高管的职位。

“我无时无刻都热爱着动物们，”他说，“马呀，狗呀，墨西哥狮子呀，牛呀，鳄鱼呀——”

“我不喜欢鳄鱼，”玥瑟珐立即提出了不同意见，“那玩意儿满身泥汤，仿佛在你身上爬似的膈应人！”

“我说过鳄鱼吗？”吉文斯说，“我想说的准是羚羊。”

玥瑟珐良心不安，于是只得再谋划补救的措施。她伸出一只手以求悔过，双眸之中泪珠儿闪闪欲坠不坠。

“求您宽恕我吧，吉文斯先生，行不行？要知道，我不过是个小丫头，最初的时候我吓坏了。比尔被我打死了，真是非常、非常对不住您。我心里有多么愧疚，您是不知道。要是早知道事情是这样，我无论如何不会下毒手的。”

吉文斯接住姑娘的手，握了好一会儿，他本性宽容，借这段时间好歹压抑住因为失去老比尔而萌生的悲哀。很显然，他终归是原谅了玥瑟珐。

“这事千万别再提了，玥瑟珐小姐。无论哪个年轻姑娘见了比尔的相貌举动都难免恐惧。我会向弟兄们好好解释的。”

“您真的不恨我吗？”玥瑟珐心动神摇地又近前了一点。她的眼神漾着甜意——噢，有甜蜜，有求肯，还有几分优雅的忏悔，“要是有人害死我的小猫咪，我肯定恨他入骨。可是您居然冒着被射杀的危险出手救它，真是勇敢善良！能做到这一步的人真是凤毛麟角！”终于扳回一局！闹剧也摇身一变成了正剧！好样的，瑞普利・吉文斯！

此时已经日渐黄昏。哪能让玥瑟珐小姐孤身一个人骑马回牧场。虽说吉文斯的马匹一副心不甘情不愿的表情，吉文斯还是重新整顿了鞍辔，陪她一同回去。公主和这位善待动物的男士肩并着肩在柔软的草地上飞驰而过。草原上浓郁的沃土气息伴着甜润的细腻花香环绕在他们俩的周围。远处小山之巅有丛林狼在嗥叫！不用怕。可是——

玥瑟珐贴紧了几步，伸出一只小手仿佛在摸索什么东西。吉文斯伸出自己的手一把抓住。两匹小马步履协调地走着。两只手没有松开，其中一只手的主人解释说：

“我从来不曾怕过什么事，可是想想看！倘若碰上一头真正的野生狮子该有多么可怕！可怜的比尔！我真开心您能陪我回来！”

奥唐奈此时正坐在农场的回廊上。

“你好，瑞普！”他大声喊道——“是你吗？”

“他陪我来的。”玥瑟珐说，“我找不见路，天又晚了。”

“多谢你。”万牛之王喊道，“别走了，瑞普，明天一早再回营地吧。”

不过吉文斯没应下，还是要赶回营地去。破晓的时候有一批阉过的小公牛要上路。他道了晚安，骑着马离开了。

过了一个钟头，灯都熄了之后，玥瑟珐穿着睡衣走到卧室的门口，对着隔了一条砖石过道、对面房间里的万牛之王说：

“说起来，老爹，你认得那头绰号叫‘豁耳朵魔头’的墨西哥老狮子吗？——马丁先生手下的牧羊人冈萨勒斯，还有萨拉多牧场五十来头小牛都毁在它手里。嘿，今天下午在白马渡口我把它给撂倒了。它扑过来的那一刻，我用三八口径手枪给它的脑袋上敲了两颗子弹。它的左耳朵被老冈萨勒斯用砍刀削去一片，所以我一看到就认识。就是你自己动手也未必打得这么准，爸爸。”

“你真牛！”在黑漆漆的寝宫里，“说悄悄话的本恩”那雷鸣般的大嗓门响了起来。

红发酋长的赎金

这个主意好似不错：不过，还是等我把话说完。比尔·德利斯库和我，我们俩一路向南走，堪堪走到亚拉巴马州的时候，这个绑架的主意砸中了我们俩。要照比尔后来的说法，这是“瞬间中了邪”，不过那是时过境迁之后我们才明白的。

那个地方一马平川，简直平得像一张烤饼，有一座小镇，当然，名字偏偏叫高峰镇。镇上住的都是些跟聚在五朔节花柱[①]周围舞蹈的那些人一样纯良而满足的农民。

我和比尔的全部资产加起来才六百大洋，要想在伊利诺伊州西部赢得一块地皮，怎么也得再添两千块钱。我俩坐在旅馆门口的台阶上讨论这件事。我们说到在这种城乡交界的地方，

① 五朔节花柱：五朔节庆典的时候，在空旷的地方树起一根高高的杆子，人们围着杆子舞蹈，用手去牵杆子上绑着的彩带。而五朔节是欧洲传统民间节日，用以祭祀树神、谷物神、庆祝农业丰收以及春天的来临。

各家各户都特别疼爱子女，再加上别的一些缘故，那么在这里绑架的计划比较容易得手，强似那种在报社关注的半径之内的地方，但凡出了这种状况报社就派记者穿着便服把事情炒作得沸反盈天。我们知道高峰镇顶多派几个巡警追捕，也许再加上几条懒洋洋的警犬，而后在《农民预算周报》上登上一两篇骂骂咧咧的文章。所以说，这个主意当真不错。

我们俩选中了镇上的杰出人士艾本尼泽·多塞特的独生子，准备下手。孩子的爹地位高、出手紧，他经营着抵押贷款的业务，可是路上碰到捐款箱从来不回头，跟取消抵押品赎回权的时候一样态度严谨、一丝不苟。那个小男孩十岁了，脸上长着微微凸起的雀斑，头发的色泽就跟你在赶火车的时候在报摊上买的杂志封面一个颜色。照我和比尔算来，两千块钱的赎金在艾本尼泽那里也就跟一文钱似的。不过，还是等我把话说完。

距离高峰镇大约两英里的地方有座小山，山上覆满郁郁葱葱的雪松。山后有个山洞，我们把给养都存在那里。

有一天在日落之后，我们俩赶着一辆轻便马车从老多塞特家门前过。却见那个孩子正在街上朝对面人家的栅栏上的一只小猫扔石子。

“嘿，小伙子！”比尔说道，“想不想坐上车吃着糖果兜兜风？”

那孩子一颗石子准准地击中了比尔的眼睛。

“你家老头子得为此多掏五百块钱才行。”比尔一边说，一边跨过车轮下了车。

那孩子好比一头中量级的棕熊一样和我们扭打起来；不过，终究还是被我们逮住丢进马车的底座，驾车带走了。我们把他带到山洞，我把马拴在雪松树林里。夜幕降临以后，我又赶着马车跑到三英里以外的一个小村庄，马车是从那里租来的，而后徒步走回了小山。

比尔正在往脸上的抓伤和擦伤上面贴膏药。洞口那块大石头的后面已经点了一堆火，那孩子正盯着一壶煮开的咖啡，他的红头发上还插了两根秃鹰尾巴上的羽毛。我一走进来，他就用一根木棍指着我，说：“哈哈！该死的白脸贼①，居然胆敢闯进平原杀神红发酋长的营寨？”

“现在他不闹了，”比尔一边说着，一边卷起裤腿检查皮肤上的擦伤，“我们在玩印第安人的游戏。我们把水牛比尔的表演弄得好像是在市政大厅摆了个巴勒斯坦神灯②展。我扮演猎人老汉克，是红发酋长的俘虏，破晓的时候他要砍了我的脑袋。杰罗尼莫③在上！那小子可是个硬茬子。”

没错，先生，那小子好像这辈子也没有这么乐过。跑到山

① Paleface是印第安人对白人的称呼，有蔑视之意。

② 暗喻《一千零一夜》中的神灯故事。

③ 杰罗尼莫（Geronimo）：美国西南部阿帕切的印第安领袖，他领导阿帕切的印第安人抗击美洲欧人入侵。

洞里露营的乐趣让他把自己其实才是肉票的事忘了个干净。他还马上给我起了个绰号叫蛇眼密探，还号称只等他的勇士们打完仗回来，就把我绑在火刑柱上在太阳升起的时候烧死我。

然后，我们几个用了晚餐，培根、面包、肉汁填满他的嘴之后，他又开口了。他发表了一番席间演说，内容大概是这样：

“我挺喜欢这个游戏的。以前我从来没有在外边野营过，不过我以前养过一只鼠貂，上回过生日的时候我就满九岁了。我痛恨上学校。吉米·塔尔博特的姨妈家那些花点母鸡下的蛋让老鼠吃了十六个。这片树林里有没有真正的印第安人啊？我还要肉汁。是不是树动了才刮起了风？我们家有五只小狗崽。你的鼻子为什么这么红，汉克？我爸爸钱巨多。星星是热乎乎的吗？礼拜六的时候我把艾德·沃克打败了两回。我不喜欢女生。没有绳子你逮不着癞蛤蟆。公牛也会叫吗？橘子为什么是圆的？山洞里有床没有，能让我睡觉？阿莫斯·莫里长了六个脚趾头。鹦鹉会说话，可是猴子跟鱼就都不会。多少加多少等于十二？”

每隔几分钟，他都会想起自己其实是一个讨厌的红发酋长，于是捡起那根木棍做的来复枪，踮起脚尖蹑手蹑脚地到洞口观望，抻长了脖子看有没有可恶的白脸贼派来的尖兵。他时不时“呵呵”地呐喊着，猎人老汉克每每听到这叫声就是一哆嗦。那小子从最开始就让比尔吓破了胆。

“红发酋长，”我对那孩子说，“愿意回家吗？”

“嗷，回家干什么？”他说，“家里一点意思都没有。我痛恨上学校。我愿意野外露营。你不是想要把我送回家吧，蛇眼，是吗？”

“目前不会，”我说，“我们要在这个山洞里住一阵子。”

“好吧！”他说，“那就好。这辈子我还从来没有玩得这么开心呢。”

大约十一点钟的时候大家都睡觉了。我们展开几条宽大的毯子和被子，让红发酋长睡在我俩之间。我们用不着担心他会逃走。之后三个钟头里，我俩谁也没睡着，但凡树枝嘎啦一声脆响或者有树叶婆娑声起，这小家伙就想象着是有歹徒团伙偷偷来犯，必定要跳起身抄起来复枪，在我和比尔的耳边尖叫：“嘘！伙计。”到后来，我好不容易才睡着，梦里却见自己被人绑架，还被一个心狠手辣的红头发海盗捆在一棵树上。

天际刚刚破晓，我就被比尔发出的一连串恐怖的尖叫惊醒了。那叫声既不是嘶吼，也不是咆哮，既不是呼喝，也不是呐喊，更不是聒噪的声音，全然不是你料想之中男人的发音器官能发出的任何声音——简直就是女人在见了鬼或者菜青虫的时候才会发出、丢人现眼的尖叫，让人听了又惶恐又难堪。天刚亮就听见这么一个膘肥体壮的大男人没命地尖叫真是倒霉。

我爬起来想看看他们在闹哪样。却见红发酋长骑坐在比尔的胸口上，一只手薅住了比尔的头发，另一只手还拎着我们用来切熏肉的快刀，这时正好生辛苦地琢磨着怎么才能执行昨夜判决的刑罚，把比尔的头皮剥下来。

我从小家伙手里夺过刀子，逼着他重新躺下。可是从那一刻开始，比尔简直吓破了胆。他在自己的铺位那一侧躺了下来，可是但凡那孩子跟我们躺在一起，他就再也没有合上眼。我打了个小盹儿，不过将要日出的时候，我回想起红发酋长说过要在日出时把我烧死在火刑柱上。我没觉得紧张，也无所畏惧，不过还是坐了起来，背靠着一块岩石把烟斗点着了。

“起这么早干什么，山姆？”比尔问道。

“问我吗？”我说，“哦，我的肩膀好像有点疼。我觉得坐起来兴许能缓解一点。”

“你说瞎话！”比尔说，“你其实害怕了。日出的时候要把你烧死，所以你怕他真的动手。要是他能找到一根火柴，准会动刑的。多倒霉啊，不是吗，山姆？你觉得还有人愿意掏钱把这么一个小皮蛋赎回家吗？”

“没问题，”我说，“父母那里最得宠的就是淘气到这步田地的孩子。现在，你跟酋长起床做早点，我去山顶上侦查一下。”

我登上了小山的顶端，眼观六路，把周边都打量了一番。朝高峰镇的方向瞭望时，以我预料，应当看到村里的农民扛着镰刀、草耙击打着镇外的土地搜寻卑鄙的绑匪；可是视线所及之处只有平和静好的山山水水，其间只有一个人驾着一匹青骡在耕田。没有谁在山溪里打捞；也不见一个信使往返奔波，把孩子还没有下落的噩耗通知给魂飞魄散的父母。昏昏欲睡的乡村景物弥漫在亚拉巴马州的旷野上，映入我的眼底。“也许，”我自言自语道，“还没有人发现狼已经把小绵羊从羊圈里叼走了。老天保佑狼！”说完我就下山吃早点去了。

进来山洞我才发现比尔后背抵着山壁，艰难地喘息着，那个小子正威胁他要用一块半颗椰子大小的石头砸烂他。

“他居然把一个烧得通红的土豆塞进我的后脖领子，烫伤我的后背，”比尔解释道，“后来还用脚把土豆碾碎了，我就给了他两巴掌。你身上有枪没有，山姆？”

我从那小子手里抢过石头，好歹解决了一场争执。“迟早收拾你。”孩子对比尔说，“但凡打了红发酋长的人都得付出代价。你最好当心着我。”

饭后，孩子从口袋里掏出一块皮革，上面绑着几根绳索，而后一边把绳索绕下来，一边走出洞口。

“他又要耍什么花招？”比尔迫不及待地说，“你觉得他是不是要跑啊，山姆？”

“踏实你的，”我说，“他可不像是在家待得住的人。不过赎金的事还是得制订个方案。虽说他不见踪影，高峰镇并没有因此鸡飞狗跳。当然也许人家还没发现丢了孩子。兴许家里人还想着孩子是跑到珍妮姨妈或者左近谁家里睡了一宿呢。今天他们无论怎么说也得知道孩子丢了。今天夜里我们必须给他爹送个信儿，就说要想把孩子要回去就得交两千块钱。”

说话间，耳边听到一阵“嚯嚯”的呼喝声，大卫用弹弓砸死巨人歌利亚[1]的时候恐怕就是这样大吼着来的。早先红发酋长从口袋里掏出来的皮革其实是个投石索，现在他把投石索举过头顶呼呼作响地挥动着。

我闪展腾挪，而后听到“砰”的一声巨响，还听到比尔的哀鸣，好比卸下马鞍的时候马匹发出的那种叹息。鸟蛋大小的一块黑石头正中比尔左耳后面。他全身好像散了架似的，一头摔在火堆上的热锅上，那一锅的热水是烧来刷碗的。我把他拖出去，往他的脑袋上猛浇凉水，足足忙了半个钟头。

过了一会儿，比尔才坐起来，摸索着耳朵说：“山姆，你知道《圣经》里的人物我最喜欢的是哪一个吗？”

“不碍事，”我说，“现在你的脑子已经正常了。”

“是希律王[2]，”他说，“你绝不会把我一个人丢在这儿，自己离开吧，是不是，山姆？”

---

① 圣经故事，大卫在非利士军队入侵时自请用弹弓射出石子，打进歌利亚的前额，取得战争的胜利。从此扫罗国王留下大卫做自己的儿子，大卫后来成为以色列王。

② 希律王于公元前 74 年至公元前 4 年统治加利利和犹太，他最致命的举动是曾想杀害幼儿耶稣（马太福音第 2 章第 1 节）。

我出了山洞，逮住那个小子狠狠晃着他，到后来他的雀斑都吱吱嘎嘎地响起来。

“假如你再耍弄我们，”我说，“我就直接把你送回家。你说，你是想表现好点呢，还是糟糕点呢？”

“我跟他闹着玩呢。”他闷闷不乐地说，“我又不是故意要伤了老汉克。可是他还打过我呢，又怎么说？只要不把我送回家，今天还跟我一起玩黑人侦查员的游戏，以后我一定乖乖地，蛇眼密探。”

“我不知道那个游戏怎么玩，”我说，“那件事你跟比尔先生自己决定。今天他当你的玩伴儿。我得出去一会儿，有正事。现在你要不就进来跟人家友好相处，去跟人家道个歉，就说不该伤了他，要不你就给我滚回去，一刻都不能等。”

我押着他跟比尔握了握手，而后把比尔带到一边，告诉他我得去趟杨树湾，那个小村子离这个山洞三英里远，我得去尽可能打探一下高峰镇对这起绑架事件究竟怎么看。还有，我觉得最好给老多塞特递个信儿去，语气要强硬，跟他要赎金，还得说清楚怎么交割。

“要知道，山姆，”比尔说，“要说打扑克牌、埋炸药包、躲警察、抢火车、挡飓风，天塌地陷我都不惧，火里火里去、水里水里去，肯定跟你并肩上，眼睛都不眨。可是自打劫持了这么个两条腿的小火炮，我就吓破了胆。他把我逼疯了。你不会把他丢给我一个人，好久不回来吧，是不是，山姆？”

“今天下午我指定回来了。”我说，“我要是没回来你就一直陪他玩，逗他开心、让他安安静静地待着。现在我们来写封信给老多塞特吧。”

就在我和比尔掏出纸笔筹划这封信的时候，红发酋长裹了一条毯子，在洞口来来回回、趾高气扬地保卫安全。比尔鼻涕眼泪直流，求我赎金还是别写成两千美金了，就写一千五百美金算了。他说：“我没有那个意思，非得小瞧父母对儿女的感情，那种爱是众所周知的，可是我们毕竟是跟人打交道，哪个人情愿花两千美金赎回这么一个浑身上下就四十磅重、满脸长雀斑的小野猫呢。我情愿少要五百块钱多个成算。缺了多少钱都算在我这份儿里。”

于是，为了缓解比尔的情绪，我答应了，然后两人联手写了这么一封信：

艾本尼泽·多塞特阁下：

你的儿子在我们手里，藏在离高峰镇不近的一个地方。无论是你还是最有经验的侦探都甭想把他找着。要想找回儿子就得听我们的：我们要一千五百美金才能把他放回去，票面得大；钱得和你的回信一起在今晚午夜时分放在同一个盒子里，放在同一个地方，交割方式如下。如果你同意这些条件，就把回信写好，送信的孤身一人在今晚八点半送来。在通向杨树湾的路上，过了猫头鹰小溪之后，马路的右边有三棵大树，彼此距离一百码远，挨着麦田周围的篱笆。就在第三棵树对面的篱笆桩底下，你能找到一个纸板做的小纸盒。

送信的把回信放进盒子里以后，一刻不停返回高峰镇去。

你要是敢把这事抖搂出去，或者不按我们说的办，就甭想再见到儿子。

要是你按我们说的交了钱，三个钟头以内他就能平平安安、好端端地回到家。这些条件没商量，要是不答应，也就不用再联系了。

两个不怕死的人

我在信封上注明这封信是给多塞特的，而后把信揣在口袋里。还没等我出发，那小子走过来说：

“哦，蛇眼密探，你说过你出门以后我可以玩黑人侦查员的游戏。”

“没问题，玩吧。”我说，“比尔先生跟你一起玩。这个游戏怎么玩儿？”

“我扮演黑人侦察兵，”红发酋长说道，“我得骑马赶回寨子里报警，提醒大伙印第安人要来了。我已经不耐烦再扮演印第安人了。我想当黑人侦察兵。”

“没问题，”我说，“听起来对我来说不疼不痒的。要我猜，比尔先生愿意辅佐你击退那些惹事的蛮族。”

“还有我什么事？”比尔疑心重重地盯着那个小子问道。

“你扮演马。”黑人侦察兵说道，“四蹄着地给我趴下，要是没有马，我骑什么回寨子里呢？”

“最好让他的兴致一直都在玩游戏上。”我说，“等我们的计划铺开了再说。放松点吧。”

比尔的四肢都着了地，目光中露出的情绪就和你从陷阱里逮着的兔子那眼神一样。

“从这到寨子有多远啊，孩子？”他问道，声音有些沙哑。

“九十英里，”黑人侦察兵说道，“你可得马不停蹄地赶路才能准时赶回去。驾，驾，出发！”

黑人侦察兵跳上了比尔的后背，两个脚后跟踹在他的腰眼里。

“看在老天爷面上，”比尔说，“你可得尽早回来啊，山姆。真是悔不当初，要是赎金别定到一千块钱以上就好了。我说，你别踢我好不好？要不然我就爬起来给你吃顿好果子。”

我一路步行来到了杨树湾，闲坐在那家兼营邮政和买卖的铺子里，村里有人来买东西，我就和人家聊两句。有个长着连鬓胡子的老乡说，听说艾本尼泽·多塞特大哥的儿子也许失踪了，也许是让人拐走了，为此高峰镇闹得是人仰马翻。这就是我想打听的。我买了一些烟丝，又随口问了问豇豆的价钱，悄没声地把信投进了邮筒，然后就出了门。邮局的局长告诉过我，邮车在一个钟头之内就能到，把邮件运到高峰镇去。

待到返回山洞的时候，比尔和那个孩子却踪迹全无。我在山洞周围寻觅了一番，还乍着胆子用假嗓子喊了一两声，也不见有人应声。

于是，我只好点燃了烟斗，在一堆长满苔藓的土堆上坐下来等着看有什么下文。

约莫半个钟头之后，灌木丛里传出“沙沙”的响动，但见比尔步履蹒跚地钻了出来，来到山洞前的那一小块空地上。那小子像个侦察兵似的蹑手蹑脚地随在他身后，脸上笑得都咧到耳根了。比尔停住脚步，摘下帽子，还用一块红手绢擦了擦脸上的汗。那小子在他身后约莫八英尺的地方停住了脚步。

“山姆，”比尔说，“兴许你得把我当成叛徒，不过我也是实在没辙了。我这人天生一副大男人的习气，从来都有自我防卫的习惯，可是谁都有个禁受不住的时候。那小子已经走了，我把他送回家了。彻底走了。旧年间有烈士，”比尔接着说，“宁可一死也不放弃自己钟情的信仰。可是那些烈士谁也不曾遭遇过我这样非人的折磨。就为了信守咱俩约定好的事我是咬紧了后槽牙，可是我已经忍到底线了。”

“闹出什么乱子了，比尔？”我问。

“他拿我当马骑往那个寨子跑，”比尔道，“足足跑了九十英里，他是一步也没着地。后来，等所有定居的百姓都得救了，才给了我燕麦。拿沙子顶替饲料我咽不下去。再后来，我无可奈何回答了一个钟头的问题，给他解释为什么洞里什么都没有，大马路怎么会两头，青草又因为什么发绿。我跟你说，山姆，无论谁也就顶多支撑到这一步。我拎着他的领口把他拽下了山。他一路上踢腾得我两条腿从膝盖以下全都是青紫的瘀伤；大拇指还被他咬了两三口，整只手都得火疗消毒①。

“不过他终归走人了，”比尔接着说道，“回家去了。我给他指了路，告诉他去高峰镇该怎么走，然后飞出一脚把他踹出去八英尺。那笔赎金是要不到了，我很遗憾，不过反正不是把他哄走，就是把我比尔·德利斯库送进疯人院。”

比尔一边说，一边呼哧带喘，可是潮红的面庞上透出难以言喻的平和之意，而且益发地心满意足。

“比尔，”我说，“你家里人谁都没得过心脏病吧，是不是？”

“没有，”比尔说，“没人得过慢性病，只有人犯过疟疾，或者出过意外。怎么了？”

---

① 原文 cauterize 是一种比较原始的治疗方法，用腐蚀性物质或者烙铁烧灼伤口来达到消毒的目的。

“既然这样，转身瞧瞧吧，”我说，“看看后面是谁。”

比尔一转身瞅见那个孩子，立时面色苍白，一屁股跌坐在地上，双手无意识地薅着地上的草叶和小树枝。这一坐就坐了一个钟头，我都揪心他的脑子是不是出了问题，只好跟他说我已经计划要立即了结整个事情，还说但凡老多塞特答应我们的条件，我们拿完赎金连夜就跑。听了这话比尔方才强打精神，挤出一丝笑意给孩子，并许愿说等身子缓解一点就陪他玩俄国人打日本人的游戏。

我制订了一个计划，可以推荐给专业的绑匪咨鉴，保管能收取赎金，还不至于被人家将计就计逮个正着。要对方留下回信之后放赎金的那棵大树离路边的篱笆不远，四下里都是空荡荡的野地。但凡有一伙警察在那里提防着，看有谁来取信，那么来人离着老远还在穿过田野或者还在路上的时候就能被发现。可是没那回事，警官！才八点半我就已经好比一只雨蛙一样藏在树上了，只等送信的人来。

时间卡得一丝都不错，有个半大的男孩骑着自行车沿着马路过来了。他在那篱笆桩子底下找着了纸盒，飞快地把一张折叠好的信纸塞了进去，而后扭身踩着自行车回高峰镇去了。

我又观望了一个钟头，最后确信一切如常，这才溜下树取了信，悄没声地沿着篱笆钻进树林，又奔波了半个钟头才回到山洞。我打开信，凑到灯前念给比尔听。信是用钢笔写的，那字迹好像螃蟹爬出来的一样张牙舞爪，归结起来主要内容是这样的：

致两个不怕死的人

两位好汉：

你们勒索赎金要我赎回儿子的这封信今天邮局送到了。我觉得你们的要价着实高了一点，因此上还个价，我坚信二位绝对能接受。二位把约翰尼给我送回家，还要反过来给我二百五十元现金，这样我才同意接手这个孩子。二位最好趁夜送来，因为左邻右居都觉得孩子已经丢了，要是让他们看到有人把他送回来，大家能干出什么来，我可担当不起。

此致

敬礼！

艾本尼泽·多塞特上

"简直是彭赞斯[①]的大海盗！"我说，"卑鄙无耻之极——"

可是一见比尔的可怜相，我又踌躇不决。他眼中的哀苦着实惹人怜，这样的表情我从来没有见过，不会说人话的牲畜也罢、会说人话的野人也罢，脸上都不曾见过这样的哀怨。

① 彭赞斯：英国英格兰康沃尔郡西南部城市，临英吉利海峡。17世纪这里是海盗的活动中心，如今作为沿海旅游城市，甚至会由市民化妆成海盗，甚至申请了最多海盗聚集一地的吉尼斯世界纪录。

“山姆，”他说，“说到底二百五十块钱能算什么大事呢？这钱我们有。要是再留这小子一晚上，你就得送我去疯人院里度日了。多塞特先生居然这么慷慨，只要了这个数，要我看他不光是个顶天立地的绅士，简直太大手大脚了。你不会放过这个机会，对吧？”

“说实话，比尔，”我说，“这个小瘪犊子也挤兑得我有点心烦。我们这就送他回家，把赎金给完就跑路。”

当天夜间我们俩就送他回了家。我们是花言巧语地把他骗上路的，说他爹给他买了一支嵌银的来复枪，以及一双印第安人的软皮平底鞋，还说我们转天要去捕熊。

当我们终于叩响艾本尼泽家的大门时，正值午夜十二点。要照当初的设计，此时此刻我正好从树下的纸盒子里取出一千五百元赎金，可是实际上这一刻反而是比尔点出二百五十元钱交到多塞特的手里。

那小子明白了原来我俩要丢下他，号啕大哭起来，那嗓门就像汽笛尖声叫起来一样。他好比一条蚂蟥似的摽紧了比尔的大腿死也不放。他父亲一点一点地把孩子揭了下来，好比揭膏药一样。

“你能拖住他多久？”比尔问。

“我也不如当年了，没有那么大的劲儿，”老多塞特说，“不过拖住他十分钟我还是能应下的。”

“这就够了。”比尔说，“给我十分钟，我就能把中部、南部和西部的所有州都跑遍了，一路飞到美加边境去。”

虽然夜色有如墨染，比尔体魄庞大，而我跑起步来跟跑步运动员有一拼，可是等我追上比尔时，他已经跑出高峰镇足足有一英里半远的路程了。

索利托牧场的许革亚[1]

拳击场上的那些事儿如果你还算清楚的话，肯定还记得九十年代早几年间曾发生过这么一件事：当时有一位拳击冠军和一位准冠军隔着一条国界河面对面对峙了一分钟零几秒。原本板上钉钉的一场真正的对决居然一瞬间就打完了。新闻记者们是铆足了劲，竭尽了所能，然而对战的时间实在短暂得可怜，即便想赘述几句都无能为力。冠军一拳重创了那个倒霉蛋，然而转过身说："我知道这一记老拳够那个傻蛋喝一壶的。"随后就举起一条胳臂，笔直地像桅杆似的，而后让助手替他脱掉手套。

于是乎，这一战之后的第二天一清早，满满一列火车被这场比赛恶心着了的绅士们外套花哨的坎肩、系着鲜丽的领结，

① Hygeia：希腊神话中的许革亚，是阿斯克勒庇俄斯的女儿，健康之神。

从豪华的普式火车[①]里涌了出来，在圣安东尼奥车站出了站。于是乎，同样是因为这件令人不快的懊丧事，“蛐蛐儿”麦圭尔跌跌撞撞地钻出火车的车厢，一屁股坐在月台上，而后撕心裂肺地、“咔咔”地好一阵咳嗽，圣安东尼奥的居民对这样的咳嗽声实在太熟悉了。正当此时，纽西斯县的牧场主柯蒂斯·雷德勒正巧踏着朦胧的晨光由他身边走过，这位的身高从来没有低于六英尺二英寸的时候。

牧场主一大早就出了门，来赶南下的火车，准备回自己的牧场去。他在这位灰心丧气的拳击运动赞助商[②]的身边站住了脚步，用他那典型的地方口音拉长了声，善意地问道：“咳得这么凶啊，伙计？”

一听有人出口不逊，居然称自己为“伙计”，“蛐蛐儿”麦圭尔当即挑衅似的扬起头来。他当年可是位次轻量级的职业拳击手，现在兼任着赛马情报员、骑师，追着“小马驹儿们”满世界飞，就没有他不会的勾当，他一出手之后警车的顶灯就

---

① Pullman卧车或普式火车，是19世纪美国发明家乔治·M.曼设计的豪华型列车车厢，常用为特等客车。

② 原文用的是Patron这个字，在古罗马时代指贵族或有财势的人，他们给某个人一定的恩惠或提供保护，受保护者提供一定的服务作为交换。其他国家也有类似的情形，比如莎士比亚的patron是亨利·里奥谢思利，南安普顿伯爵三世，他热爱诗歌和戏剧，就提供钱财资助了很多诗人和剧作家。这种情形类似中国古代的平原君、春申君，食客三千作为自己的政治班底。到了现代指对个人、某种目标或艺术的资方、赞助商、主顾等。

得闪闪亮，有人就得急得乱扔胡桃壳。

“滚，”他的声音像木锉一般，“电线杆，我可没叫你来。”

又是一阵撕心裂肺地巨咳之后，他无力地斜倚在近旁的一辆行李车上。雷德勒一边不慌不忙地候在旁边，一边打量着那些头戴白色礼帽、身披短大衣、手擎一支雪茄的绅士们涌上月台。“北方来的吧，是不是，伙计？”待到对方稍稍喘过气来，他这才问道，“来南方看那场搏击比赛的，对吗？”

“搏击！”麦圭尔的牙咬得咯吱咯吱响，“抢壁角游戏罢了！简直是一招毙命。总共挨了一拳，就好比挨了一记迷醉枪，立马睡死过去了，都不用往门口遮块皮子当门帘。那也算搏击！”他喋喋不休地说了几句，又咳了起来，然后又继续说；说来他并不是对这位牧场主有什么抱怨，不过是诉诉苦，心里宽松些罢了。“事到这步田地其实我早就心知肚明。要是拉塞·塞奇[①]早知道结局肯定会抓住这么个机会。五赔一，我押的是那个从科克来的小伙子撑不住三个回合。我一个大子儿都没剩全都押上去了。我本来打算把吉米·德莱尼在三十七大街开的那家通宵咖啡馆连锁店买下来，原本我已经闻到充填酒瓶箱的锯木屑的气味了。可是后来——要说吧，电线杆，把全副家当都赌

① Russel Sage 拉塞尔·赛奇（1816—1906）：纽约州出身、白手起家的富翁，他开创了期权交易成了日后华尔街的一大工具，经常操纵股价，号称华尔街三大恶魔之一。

进去玩一把，这人得多傻呀！”

“这话说得在理，”高大的牧场主说道，“特别是赌输了之后说这话别提多正确了。小子，你还是起来去找一家旅馆吧。你这咳嗽实在是够呛啊。拖了好久吧？”

“肺上的毛病。”麦圭尔对自己的病情心知肚明，“有个蒙古大夫说六个月以后我就撑不过去了——要是控制得好兴许能再熬一年。我要安顿下来，调养一下身体。兴许就是因为有了这个念头我才买了五赔一的赌注。真金白银的我也攒足了一千。要是赌赢了，我就把德莱尼的咖啡馆买下来。哪承想那个鬼家伙居然在第一个回合就打盹了呢——这话怎么说的？”

“这买卖太不上算了。”雷德勒一边点评，一边俯瞰着倚在行李车上的瘦小身躯，“不过还是得找家旅馆歇歇脚吧。这儿有门格尔旅馆，马弗里克旅馆，还有——”

“还有第五大道[①]，还有华尔道夫 - 阿斯托里亚酒店[②]。”麦圭尔模仿着对方的口吻说道，“已经告诉你我破产啦。我就是个流浪汉，身上还剩下一毛钱。跑欧洲玩一圈，要不乘私家

① 第五大道：美国纽约曼哈顿区一条重要的南北向干道，位于曼哈顿岛中心地带，沿路布满奢侈品商店。

② Waldorf Astoria：美国纽约的华尔道夫酒店是 1893 年威廉·华尔道夫·埃斯特建造的。1896 年，他的表弟约翰·雅各布·埃斯特四世在附近建成了同样华丽的阿斯托里亚酒店。后来两个酒店由一条 300 米的长廊连接起来，成为一家，冠名为华尔道夫 - 阿斯托里亚酒店。1929 年重建，楼高 42 层，横跨第 49 街和 50 街整个街区。2014 年被中国安邦保险集团以 19.5 亿美元收购。

游艇到海上转转兴许能让我好转——来份儿报纸！”

仅剩的那一毛钱被他抛给了报童，他取了一份《快报》，背靠行李车开始阅读。新闻里已经报道了这段滑铁卢之战的始末，当然巧言令色的报纸对该事件已经夸大其词了，他立时就读得入了迷。

柯蒂斯·雷德勒抬手瞅了瞅硕大的金表，而后把手按在了麦圭尔的肩膀上。

“来吧，伙计。”他说，“要想赶上火车，咱们还剩三分钟。”

冷嘲热讽的性子似乎已经融入了麦圭尔的血液。

“打一分钟以前我就明说了我已经破产了，到目前为止，你没瞧见我捞进筹码，也没有发现我时来运转，对吧？朋友，你还是赶快上车走人吧。”

“到我的牧场去吧，”牧场主说，“等病好了再说。养上六个月，你还是一条好汉。”他一只手抄起麦圭尔，半拉半拖地直奔火车的方向而去。

“挑费怎么算？”麦圭尔问道，他无力地挣扎了几下想挣脱对方。

“什么挑费？”雷德勒摸不着头脑地问道。两个人大眼瞪小眼，谁也不明白对方说的是什么，因为他们俩就好比一条传动装置上的两个齿轮，角度都安装对了，但是各自绕着自己的轴转动。

这趟南下火车上的旅客眼瞅着两个如此大相径庭的人物居然共坐一席，真是好生纳闷。麦圭尔的小身板儿只有五英尺一英寸，看相貌也许是横滨人，也许是都柏林人。眼珠子滴溜圆、冒金光，面颊和下巴见棱见角，疤痕累累，表情僵硬，明明被打破了偏偏还要板起脸来，好像坚不可摧似的，像一只大黄蜂那样好勇斗狠。他这类人算不上新奇，也算不上罕见。反观雷德勒，那简直是另一块田里结出来的瓜。单说身材就高达六英尺二英寸，两臂膀怕有一英里宽，可那心思却有如晶莹剔透的小溪，清澈见底。他算得上是西部和南部相结合的典型代表。能精确地再现他这种类型的画像寥寥无几，因为得克萨斯州的画廊规模都不大，电影放映机更是闻所未闻。总之，给雷德勒这种类型的人画肖像唯有动用壁画这种形式——因为壁画形式高端且简约，形式新颖且不用配镜框。

他们乘上了国际铁路公司的火车，车轮滚滚一路向南。如碧海一般的绿野尽处，树木森森结成一片又一片斑驳的浓绿。诸多牧场就坐落在这里；畜牧之王的疆土就坐落在这里。

麦圭尔瘫坐在座席的一角，忖度着这位牧场主的话不禁满心怀疑。这个大块头儿非要把他带走，到底要搞什么鬼？麦圭尔怎么猜也猜不到大公无私这上面去。“他不是种地的，”这个俘虏想道，“可也肯定不是招摇撞骗的。这是怎么一个状况呢？走着瞧吧，蛐蛐儿，且看看他究竟想打什么牌。甭管怎么样你也只好接招了。反正兜里只有五分钱，还得了奔马痨①，老实巴交地躺着得了。且躺着，端看他搞什么鬼。”

从圣安东尼奥开出一百英里，他们在林康站下了车，一架四轮平板马车正在站上等着雷德勒，两人换乘了马车。他们乘坐着这辆车走了三十英里，才从火车站来到他们的目的地。要说是什么事居然把尖酸刻薄的麦圭尔也折腾地感觉自己成了肉票，就得说是这段旅程了。马车轻快流畅地穿越了一脉入目生春的稀树草原。那对西班牙种的小马驹踏着欢腾的小碎步不知疲倦地奔跑着，偶然兴起又撒着欢跑上几步。深吸一口气，那空气宛如美酒、恰似灵泉，间杂着几丝草原花朵的馥郁。道路走到了尽头，于是四轮马车就仿佛一艘在一片没有航标的草海中游弋的孤舟，进退全在雷德勒那只动作娴熟的手里。在他的眼底，远方那每一丛渺小的树影都是一块路标；每一脉低矮的山峦都能标记一段路程和距离。反观麦圭尔，他仰倒在车上，眼中的图景除了一片荒野一无所有，看着这位牧场主马不停蹄地赶路，不禁心生怨怒，疑虑重重。“他这是要干吗？”这个疑惑于是成了心病，“这个大块头儿究竟有什么宝可以献？”

---

① Galloping consumption：奔马痨，是干酪样肺炎的别称，病情危重且预后极差。

麦圭尔用来丈量这片由地平线和第四维[①]圈划起来的广袤原野的标尺，其实不过是他当初踏足过的那些城市街道的标准。

一星期以前，雷德勒策马奔驰在草场上的时候曾经偶遇一头病歪歪的小牛犊在哀哀号哭，它被人丢在那里自生自灭。他连马都没下，就一把拎起那头伤心的小牛横搭在马鞍上，之后就丢给牧场的小伙子们去照顾。照这位牧场主看来，麦圭尔如今的情况无异于当初那头小牛犊，都招了他的眼，也都需要他出手相助，然而这事麦圭尔哪里知道，也不可能理解。有一条性命身子不好，无依无靠；而自己明明有能力出手相救——有这两条就足够让这位牧场主采取行动了。他的思维逻辑和行为准则就这两条。跑到圣安东尼奥来呼吸新鲜空气的病人恐怕得有好几千人，据传说，这座城市里狭窄的大街小巷到处都弥漫着臭氧。像这样子被雷德勒随手从圣安东尼奥捎回牧场的病人，麦圭尔排名第七。七个人之中有五个人留在索利托牧场做客，待到康复或者病情好转之后，感恩戴德的话都说尽了才辞别离去。还有一个来的时候已经病入膏肓，最终在园子里一株枝叶葱茏的树下安息了。

于是乎，当四轮马车滚滚而来，停在门前，雷德勒有如拎

① 比较简单的第四维概念往往是在时空概念的研究中，例如相遇问题，其中空间是三维的，有上下、左右、前后之别，时间则是第四个坐标。中国古代有“四方上下曰宇，古往今来曰宙”的说法，就是揭示了这个四维概念。但在数学理论研究中还有更多解释。

起一团破布似的将那个虚弱的被保护人提起来，安顿到走廊上的时候，谁都没有大惊小怪。

麦圭尔打量着这些对自己而言陌生的一切。庄园的房舍是乡下最精美的，方砖都是从一百英里以外用货车运来的，可惜只建了一层，四间屋子周围环绕着一道走廊，不过是泥土铺地。马具、狗具、马鞍、货车、枪支、牛仔装备都杂乱无章地散落着，看在这位落魄的都市运动家眼里真是刺目。

“行了，咱们到家啦。”雷德勒欢快地说道。

“这个鬼地方。”麦圭尔张口就来，同时滚落在走廊的泥地上，好一顿咳嗽。

“我们会尽力让你好受点儿，伙计。”牧场主温言道，“房间里面虽说不怎么样，毕竟户外的环境对你有好处。这间屋子以后归你住，在这边。需要什么尽管开口。”

他引着麦圭尔来到东头的那间屋子里。地表面光板没铺地毯，挺干净。海湾吹来的风从敞开的窗子钻进来，撩动了白色的窗帘。屋子中央摆放着一把大号的柳条摇椅、两把直背椅子和一张长桌，报纸、烟斗、烟草、马刺和子弹夹把桌面糊了个严实。板壁上稳稳地镶嵌着几颗鹿头和一颗硕大的黑野猪头。一张凉爽的宽面帆布床摆在屋子的一角。在纽西斯县的人眼里，这间待客的屋子哪怕招待王子都配得上。可麦圭尔却不以为然地龇了龇牙。他掏出他那五分钱的镍币，往天花板上一扔。

“我说我没钱，你觉得是诳你吧，是不是？好吧，要是你乐意就搜我腰包。那大子儿是我兜里最后一个钱。住这谁掏钱呀？”

牧场主两弯灰白的眉毛下，一双清澈的灰色眼睛定定地望进客人那双黑莓一样的眼睛。片刻之后，他言简意赅却不失分寸地说：“小伙子，要是你别再说钱啊钱的，我就太感激了。说一回就满够的了。我请到牧场上的人一个大子儿都不用掏，人家也从来不提这段。再过半小时晚饭就做好了。罐子里有水，走廊里挂着的红瓦罐里的水比较凉，可以喝。”

“铃在哪儿？”麦圭尔四下里看了看，说。

“干什么用的铃？”

“要东西的时候按的铃。我没法——你瞧，”突然间，他无力地发作起来，“我从来没有求你带我来这里。我也从来没有拦住你讨过一分钱。要不是你问我，我哪里会跟你说自己的霉运。听铃声伺候的侍者还有鸡尾酒都离我五十英里远。我得着病呢，动弹不得。天哪！我怎么就撞上这种事了！”麦圭尔扑到床上，抖动着身子抽泣起来。

雷德勒走到门口喊了一声。不多时就来了一位二十上下、身材瘦削、脸上放光的墨西哥小伙子。雷德勒用西班牙语和他说了几句话。

“伊拉里奥，我许诺过，等到秋天牛仔竞技表演的时候在圣卡洛斯山脉给你个牛仔的职位，这事我还记在心里。”

“是的，先生，您有此美意。”

“听着，这位是我的朋友。他得了重病。你就陪在他身边，随时照顾他。多给他点耐性，还得多留心。等他好了，或者——唔，等他好了，我就让你当石头堆牧区的总管，不用当牛仔了，怎么样？”

“好的，好的——万分感激，先生。”伊拉里奥感恩戴德地恨不得下跪致谢，可是牧场主亲切地踹了他一脚，喝道：“装什么熊样。”

过了十分钟，伊拉里奥出了麦圭尔的房间，跑到雷德勒面前。

“那位小个子先生，”他禀告说，“向您致敬。（伊拉里奥说了这句开场白，让雷德勒大为赞赏）他想要点碎冰块儿，洗个热水澡，还要来一杯掺有柠檬汽水的杜松子酒，后来让我把窗子全都关上，又要了吐司，又要刮胡子，要了一份《纽约先驱报》，香烟，还想发一个电报。”

雷德勒从药品柜里取出一瓶威士忌，瓶子的容量是一夸脱的。“来，把这瓶酒带给他。”他说。

于是，在索利托牧场这位恐怖君主开始执政了。头几周的时候，牧牛的牛仔纷纷骑着马赶了好几英里的路跑来看看雷德勒新近引入的门客；麦圭尔对着他们大呼小叫、吹牛皮，摆出一副趾高气扬的样子。麦圭尔在他们的心目中绝对是人生新体验。拳击对抗中那些精妙入微的诀窍以及训练和防卫过程中的花招儿他都解释给大家听。一个靠追随职业比赛为生的人过着怎样不成规矩的生活全都被他展现在大家的眼前。他随口而出的行话听得大家惊喜连连。他的手势、非同寻常的姿态，以及毫不掩饰的黄色笑话和下流本质，把大家都迷住了。他仿佛是从一个新大陆来的。

要说也是怪了，他明明置身于一块新大陆，可对他而言，这块新大陆仿佛不存在似的。他见天围着自己转，九头牛都拉不走。他觉得自己不过是一时间掉进了一个轩敞的空间，这里面满都是人，个个都倾听他回忆往昔。在草原上白日里是那么无拘无束，入夜时低垂下来、熠熠闪光的星空是那么宁寂庄严，可是他对这些全然无动于衷。曙色霞光的万千华彩根本拼不过体育杂志上的粉红纸张，根本无法赢得他的关注。他今生以“空手套白狼”为己任；以三十七大街为前进的方向。

来到牧场快满两个月的时候，他开始发牢骚，说是感觉病情加重了。从那时起，他就化身为梦中恶魔、掠夺成性的哈比老妖、海中的恶老汉[①]。他有如一个恶毒的妖精或者不负责任的长舌妇，闭门不出，怨气冲天地发牢骚、破口大骂，挑刺儿、

① 《一千零一夜》故事中的辛巴达航海故事里，辛巴达第五次出海时遇到海难，在登陆一个小岛时遇到一位老人，他骑在辛巴达肩上不肯下来，指示他涉水，稍不如意就拳打脚踢。最后辛巴达用南瓜为容器酿造葡萄酒，才骗得恶老汉下来，摆脱了束缚，获得自由。

找毛病。在他的指责中主要的内容都是说，来到这个欣嫩子谷一样的炼狱[1]根本不是自己情愿的，他是被骗来的；没人关照、处处不舒服，他眼看就要死了。虽说在他的抱怨里，他的病情是惨到家了，可是照其他人看来，他的情形一丝变化都没有。他那双葡萄干似的双眼贼亮贼亮、狠辣如初；他那粗糙的嗓音还是那么刺耳；他冷漠的脸皮紧绷绷的好比鼓面上绷的鼓皮，脸上一点儿肉也没有，也就没有肉可以掉。高耸的颧骨上一到下午必然红彤彤的，看来拿一支体温计测测体温兴许能查出点毛病，再加上胸部叩诊也有可能证实麦圭尔呼吸的时候只用了一边的肺，不过从外表上看，他没有什么变化。

见天在他身边照顾的是伊拉里奥，雷德勒许诺日后提拔他当牧场的总管作为对他的奖励，这话极大地振作了他的斗志，毕竟守在麦圭尔身边当真是个苦差事。空气是这个家伙求生存的唯一机会了，可是麦圭尔吩咐关上窗子，拉下窗帘，千万别通风。室内一时不断缭绕着蓝瓦瓦、臭烘烘的烟气；无论谁进屋来，都得坐下屏住呼吸，然后听这个老妖怪没完没了地吹嘘自己那点没皮没脸的事业。

最古怪的是麦圭尔同救助自己的这位恩人之间的关系。这位伤患对那位牧场主的态度多少有点像一个任性嚣张的小孩儿

① Gehenna：嫩子谷在耶路撒冷城外，《列王记》中说古希伯来人在这里虐杀儿童祭祀火神，引申为受难处、炼狱或酷刑室。

对待溺爱的父母的态度。但凡雷德勒要出门，麦圭尔就满肚子坏心思，阴沉沉地一声也不吭。待到雷德勒回了牧场，劈头盖脸而来的肯定是好一顿刺耳的臭骂。再说雷德勒对客人的态度也是相当地费解。这位牧场主貌似当真相信自己的品行就是麦圭尔破口大骂的那副德行，简直就是个暴君，是个恶贯满盈、欺压良善的恶棍，似乎他自己也觉得就是如此。貌似他已经承担起责任,要为那家伙的病情负责,于是无论对方如何抨击自己，总是平心静气、耐心十足,连因为自责而生出的善意都丝毫未改。

有一天，雷德勒对他说："试试看，小伙子，多呼吸呼吸新鲜空气吧。要是乐意出门，你可以天天坐我的马车，再用一个车夫替你赶车。找一个牧牛的营区吧，先跑上一两个礼拜试试看。桩桩件件我都给你打点得顺顺当当。土地，加上贴地皮的新鲜空气——这两样儿东西才是治病的良药。我认识一个费城来的人，他的病可比你沉重，这个人在瓜达卢佩迷失了方向，跑到牧羊的营区里睡在光秃秃的草地上，睡了两个礼拜。好家伙，先生，这一来他居然开始好转起来，最终还真让他痊愈了。千万得贴紧土地——空气里能治病的药其实都在那儿。从现在开始试着骑骑马也好。有一匹小马性子不错——"

"我干了什么伤天害理的事了？"麦圭尔叫喊起来，"是我诓了你吗？是我央告着你非要你带我上这儿来吗？只要你乐意，随你把我轰到哪块营区吧，要不就一刀捅死我，万事皆消。

骑马！我连抬腿的力气都没有。哪怕是五六岁的小伢子给我一拳，我都躲闪不过去。你这个倒霉催的牧场把我坑苦了。能吃的东西也没有，能看的东西也没有，除了一大群土老帽儿，我想聊聊天连能聊的人都没有，这群人连拳击沙袋和龙虾色拉都分不清。”

“确实，这地方人烟稀少。”雷德勒有些窘迫地表示歉意，“我们物产不少，可是日子过得不细致。想起来要什么东西的话，小伙子们可以骑马出门给你弄回来。”

头一个认为麦圭尔其实在装病的是查德·默奇森，他是身着圆圈加横条制服的那一队的队员。他紧贴着马背长途跋涉了三十英里路，又绕了四英里的弯路，这才替麦圭尔弄来一篮子葡萄。在那间香烟缭绕的屋子里不过略略待了一小会儿，他就钻出门来，而后一五一十地向雷德勒吐露了自己的猜疑。

“他的胳臂，”查德说，“硬得超过金刚石。他跟我说那块地方叫心窝儿，挨着一拳头就好比被野马尥了两蹶子。他耍着你玩儿呢，老柯。要说有病的话，他跟我有的比。我本来不乐意明说的，不过实话说那家伙怕是给你下了套，骗吃骗喝骗住处呢。”

这位牧场主心思淳朴，因此查德对这种情况的见解他还真难以接受，而且即便是后来给麦圭尔检查身体，也绝不是因为生了疑心病。

有一天，大约是正午，有两个人驾着马车来到牧场，下了车，把马拴好，进门就吃饭；见了外来客就起身相邀是乡下的习惯。这两位当中有一位是圣安东尼奥来的名医，他的出诊费要价很高，这趟是应一位富有的牧场主之邀出诊的，有人子弹走火把牧场主撂倒了。现在人家驾车送大夫去火车站，准备乘火车回城。用饭已毕，雷德勒把大夫拉到一边，把一张二十块钱的钞票塞进对方手里，说道：

“大夫，有个年轻人就住在那间屋子里，我估摸着恐怕是得了肺病，病情还不轻。请您给瞧瞧，他这病究竟病到了几分，能不能给他想点辙治治。”

“刚才我还吃了你一顿饭，算多少钱，雷德勒先生？”医生直愣愣地说道，双眼从眼镜的上缘瞟着他。于是雷德勒收起了钞票塞进腰包。大夫马上进了麦圭尔的房间，而牧场主一屁股坐在走廊上的一堆马鞍子上，若是检查结果不妙，他简直要自责了。

大夫进去不足十分钟就脚步轻快地走了出来。“你介绍的那个人，”他的话说得嘎嘣脆，“跟新出厂的银圆一样一丝儿毛病没有。他的两个肺比我的还要胜一筹。呼吸、体温和脉搏一律正常。吸气时胸部扩张能达到英寸。哪儿也找不到一丁点儿虚弱的地方。当然啦，我还没有做结核杆菌的检测，不过肯定没有。我下的诊断，我敢签字负责。抽烟抽得那么狠，还关门闭户地不透气，也没伤了他一丝一毫。有点咳嗽，是吗？好吧，你就告诉他犯不上。你刚才问能不能给他想点辙治治。那好，奉劝你派他去挖坑埋拴马桩，或者去驯服几匹野马。我的人预备出发了。保重，先生。”大夫有如旋风一般呼啸着离去。

雷德勒伸手从栏杆近旁的牧豆树上揪下一片叶子，一边嚼，一边入了神。

给牛身上烫烙印的日子转眼就到。转天一大早，牛仔队的头目罗斯·哈吉斯把手下大约二十五个人召集到牧场上，准备出发去圣卡洛斯牧区，打烙印的工作在那边动手。不到六点钟，坐骑上的鞍鞯就都齐备，粮草车也备办齐整，牛仔们翻身上了马，就在此时雷德勒叫大家稍等片刻。一个小伙子牵了一匹已经把鞍辔都整饬好了的小马驹来到门口。雷德勒迈步直奔麦圭尔的房间，扯开房门。但见麦圭尔此时正躺在简易小床上吞云吐雾，连衣服都没打理好。

“起来。”牧场主说，嗓门像军号一般清晰嘹亮。

“这是怎么了？”麦圭尔微微有些怔忪地问道。

“起来穿好衣服。响尾蛇我都容得下，可是骗子我恨之入骨。还要我重复一遍吗？”他一把薅住麦圭尔的脖子，让他立在地面上。

“我说，朋友，”麦圭尔嘶声号叫起来，“你中了疯病吗？我还病着呢——你瞧瞧看？你这么推搡我能要了我的小命。我怎么你了？”——他又把那套陈谷子烂芝麻都翻腾出来——“我从没有求你——”

“穿好衣服。”雷德勒扬起嗓门吼道。

麦圭尔满嘴里骂骂咧咧，脚步跌跌撞撞，浑身颤颤巍巍，一双眼贼亮贼亮地盯着此时情绪激动的牧场主那副穷凶极恶的架势，终归是胡乱穿上了衣服。雷德勒揪住他的衣领，推搡着他出了门、穿过天井，一直走到拴在门口的那匹富余出来的小马驹旁边。牛仔们都闲散地坐在鞍子上，嘴巴张得老大。

“带上这家伙，”雷德勒对罗斯·哈吉斯说，“给他找点活儿干。让他好好干活、好好睡觉、好好吃饭。你手下的小伙子们都清楚但凡我能替他做的全都做到了，真心实意地欢迎他来。可就在昨天，可着圣安东尼奥最出色的大夫给他做过体检了，说他的肺赛过头驴，那体格壮得好比阉过的公牛。该怎么整治他，罗斯你清楚。”

罗斯·哈吉斯表情狰狞，但笑不语。

“噢，”麦圭尔急切地盯着雷德勒说，脸上露出一副古怪的表情，“那个江湖郎中居然说我一切都正常，对不对？说我装病，对不对？是你把他叫来的。你早就想着我是没病装病吧。你还说我诓骗你。要说，朋友，我说话是糙了点儿，这我也清楚，不过多半儿时候不是成心的。要是你也能亲身体会体会我当初的感受——噢，我忘啦——照那个江湖郎中说我是没病装病。

行啊，朋友，我这就给你卖力气去。这样就跟你扯平了。”

他轻若飞燕一般跃上马背，从马鞍桥上摘下皮鞭，给了胯下马一鞭子。曾在霍桑城驾驭着宝马“好孩子”以一个马颈的优势获胜（当时的盘口是十赔一）的“蛐蛐儿”麦圭尔，如今他的双脚再次套上了马镫。

车辚辚、马萧萧，大队人马直奔圣卡洛斯而去，麦圭尔一骑绝尘冲在队伍最前面，追随其后的牛仔们不由得齐声喝彩。

可是还没有跑出一英里，他就拖沓到了队尾，待到抵达马圈下方的那片高大的橡树林时，已经成了队伍里的最后一名。他在橡树丛背后勒住缰绳，掏出一方手绢捂在口唇上。把手绢拿开时，猩红的血色已经浸透了手绢，那是动脉血。他小心翼翼地把手绢丢弃到一丛梨果仙人掌里面，随后再次挥起马鞭，冲自己的坐骑嘶声喊道“冲啊”，追着队伍飞奔而去。

当天夜里，雷德勒收到亚拉巴马老家的来信。家族里有人去世了，留下一座房产要分，家里人要他回去。黎明时分，就见他驾着马车在草原上穿梭，直奔车站而去。两个月过去了，他才打道回府。抵达牧场的庄园大屋时，却发现庄园里几乎空无一人，只留下了伊拉里奥。他不在家的这段日子里，伊拉里奥扮演着负责人的角色。年轻人把他出门的这段日子里的工作巨细无遗地叙说了一遍。据他报告，给牛身上烫烙印的营区如今仍然在忙着。因为好几场疾风骤雨把牛群冲散了，所以活儿干是干了，就是进度慢。这个营区目前驻扎在二十英里外的瓜达卢佩山谷。

“顺便问一句，”雷德勒猛然间想起一件事，“我派去跟着他们队伍一起出发的那个家伙——麦圭尔——现在干活了没有？”

“我不清楚。”伊拉里奥说，“那个营区的人很少来牧场。打理小牛犊子的事可多得是。他们什么都没说。噢，我估摸着麦圭尔那家伙怕是死了不短时候了。”

“死啦！”雷德勒说，“你这话是什么意思？”

“病得很重，麦圭尔。”伊拉里奥耸了耸肩回禀说，“他离开牧场的时候，我就想这人怕是撑不住一两个月了。”

“瞎掰！”雷德勒说，“连你也给他诳进去了，是不是？大夫给他体检以后说他好比牧豆树上的树瘤一样硬实。”

“那位大夫啊，”伊拉里奥微微一笑，说道，“他是这么说的？那位大夫根本就没见过麦圭尔。”

“有话都给我说出来。”雷德勒命令说，“见鬼的你想说什么？”

“偏巧在麦圭尔出门去打点水来喝的时候大夫进了屋，”那小伙子心平气和地说，“大夫一把按住我，然后就用手指在我这块儿敲了个遍，”他用手抚着胸口，“我也不明白这是干什么。他把耳朵贴在这儿、这儿，还有这儿，听了听——究竟要干什么我哪里懂得。他拿着一根儿小玻璃棒塞进我嘴里。他捏着我手臂这段儿。他指使着我像说悄悄话似的数数——二十、三十、四十。谁知道，”伊拉里奥满心的不以为然，摊开两手，最后又说，“那大夫究竟想干什么，非得做这么多诡异的举动？”

“哪匹马在家？”雷德勒言简意赅地问道。

“‘乡巴佬’现在就在畜栏后边吃草，先生。”

“马上替我把鞍子上好。”

不过几分钟的工夫，这位牧场主已经上马出发了。“乡巴佬”就是因为外貌土气、偏偏健步如飞才起了这么个名字。这一拉开步子跑起来，就好比吃面条似的，把漫漫长途吞了下去。跑了两小时零十五分钟之后，雷德勒来到一个缓坡之上，从那里可以遥望到打烙印的营帐，此时营区就驻扎在瓜达卢佩的一个水坑旁边。他料想着恐怕要听到一个坏消息，于是心下惴惴不安地骑马上前，到了营地下了马，丢下马缰。他是个内心高尚的人，所以在那一时刻他甚至想认下谋害了麦圭尔的罪过。

留在营区的除了伙夫别无他人，此时正忙着安顿晚饭，摆放烤好的大块牛肉以及锡制的咖啡杯。雷德勒并没有直入话题，过问悬在心头的那件事。

“营区没什么事吧，彼得？”他思谋着问了这么一个问题。

“还行吧。”彼得的答话没什么新鲜的，“有两回给养断了。

牛群被风刮得都跑散了，我们只好把方圆四十英里之内的林子都耙了一遍。咖啡壶必须买一把新的。这里的蚊子也比别处闹唤得凶。”

“那些小伙子——都好吗？”

彼得的性情不算开朗。再说，雷德勒居然要过问牛仔们的健康状况，这样的问话简直多此一举，近乎婆婆妈妈。头儿竟然问出这种话来，真不似他的为人。

“现存的人喊他们吃饭的时候，哪个都不会听不到。”伙夫应声答道。

“现存的人？”雷德勒嗓音嘶哑地重复着这个词。他不自觉地开始四顾寻找，看麦圭尔的坟茔在哪里。他的脑海里已经竖起了一块白色石板，就跟他在亚拉巴马的教堂墓地里看到的那种一样。不过他转瞬间就回了神，明白这样的心思蠢透了。

“对啊，”彼得说，“现存的人。放牛的几个营队在这两个月里换地方来着。有的走了。”

雷德勒壮起胆子问道：

“我送过来的——那个——家伙——叫麦圭尔的——他——是不是——”

“要说他呀，”彼得一手拿了一大块玉米面包站了起来，打断了他的话，“真是羞死我了，那么一个可怜的病秧子竟然也给送到牧牛营来。大夫居然没瞧出来这孩子已经离死不远了，这种大夫真该戳他的脊梁骨。虽说他病得那么惨——牛仔队里居然出了这种事简直是丑闻——我来告诉你他都干了些什么吧。头天夜里，营里的小伙子们就开始教他穿皮裤、当牛仔该有什么规矩。罗斯·哈吉斯狠狠抽了他一下子，你猜猜看，那小可怜儿怎么应对的？那小家伙噌地蹿起来，把罗斯揍趴下了。罗斯·哈吉斯让他给揍趴下了。好一顿收拾。一顿老拳揍得那个狠哪，浑身上下没一处落下的。罗斯勉强爬起来，堪堪走出几步就又倒下了。

“然后，麦圭尔自己也突然跌倒在地上，脑袋埋进草里，血都吐出来了。牛仔们说是内出血。他倒在那里足足躺了十八个小时，牛仔们想给他挪挪地方都不行。罗斯·哈吉斯这家伙谁要是能把他打趴下他就稀罕谁，所以后来他破口大骂，把从格陵兰到波兰希尼[①]的大夫们个个骂了一遍，还动手照顾他；他跟‘嫩树枝儿’约翰逊俩人把麦圭尔抬到一个帐篷里，倒班儿给他喂食生肉末儿和威士忌。

“可是，好像那小家伙儿没心思养病，黑天半夜地跑出了帐篷，找到他的时候他陷在草丛里，小雨还下着呢。‘滚开，’他说，‘随我的便，让我死了算了。他说我瞎扯，说我鬼话连篇，说我没病装病。别来理睬我。’

---

① Chiny希尼是比利时的一个地名，文中的伙夫显然没有很好的教育水平，原文指满天下的地方。

“躺了两个星期，”伙夫接着说道，“他一直躺在那儿，谁都不看，再后来——”

这时仿佛空中炸响了一个暴雷似的，二十来个骑手贯穿了树丛地带，撞进营地。

“这群野小子！”彼得大叫一声，赶紧东奔西走地忙起来，“是小伙子们回来啦，要是三分钟之内还没把晚饭整治好，我就死定了。”

可在雷德勒眼里只看到了一个人。明晃晃的篝火映照下，一个面色黝黑、龇着牙笑的小个子男人跳下马。怎么看也不像麦圭尔，可是——

顷刻之后，牧场主就握住了他的手和肩膀。

“孩子，孩子，这是怎么回事？”他只说出了这么一句话。

“亲近土地，是你说的。”麦圭尔扬声说道，他的手钢凝铁铸一般，雷德勒的手指简直要被捏碎了，“我就在那儿找回了健康和力量，真是醍醐灌顶一样，我这才明白当初自己有多卑劣。多谢你把我一脚踹出去，老兄。还有——说起来！那个江湖郎中是跟我开玩笑呢，对吧？我从窗外瞧见他在那个说西班牙语的小子的心窝儿上敲来敲去。”

“你这个小流浪汉，”牧场主大吼大叫起来，“那天你怎么不说明白，告诉我大夫检查的人不是你？”

“啊——无所谓！”麦圭尔说道，当初的粗野性子一闪而逝，“谁也吓唬不了我。你问也没问。你那话滔滔不绝，然后就把我赶了出去，那就随你吧。再说，朋友，赶牛的这帮伙计真是入我的眼。我东跑西颠一起玩儿过的人里，数这帮家伙心眼儿最好。你还会允许我留在这儿的吧，好不好，老兄？”

雷德勒看了看罗斯·哈吉斯，看他是什么意思。

“那个浑小子，”罗斯和气地评价道，“到哪个牧牛营也得算是胆子最肥的骗子——论打架也最生猛。”

轻经典

出品人：许　永
责任编辑：许宗华
特邀编辑：林园林
责任校对：雷存卿
装帧设计：海　云
责任印制：梁建国　朱丽珍
发行总监：田峰峥

投稿信箱：cmsdbj@163.com
发　　行：北京创美汇品图书有限公司
发行热线：010-53017389　59799930

创美工厂
微信公众平台

创美工厂
官方微博